열네 살
CEO

Felix Unlimited

Copyright ⓒ Andrew Norriss, 2021
All rights reserved.

Korean translation copyright ⓒ 2022 by Mirae Media & Books, Co.
Korean translation rights arranged with David Fickling Books Limited
through EYA (Eric Yang Agency).

이 책의 한국어판 저작권은 EYA(Eric Yang Agency)를 통해 David Fickling Books Limited와 독점 계약한
'도서출판 미래엠앤비'가 소유합니다. 저작권법에 의하여 한국 내에서 보호를 받는 저작물이므로 무단전재 및 복제를 금합니다.

열네 살 CEO

앤드루 노리스 지음
함현주 옮김

미래인

열네 살 CEO

1판 1쇄 펴낸날 2022년 3월 30일
1판 6쇄 펴낸날 2025년 11월 15일

지은이 앤드루 노리스
옮긴이 함현주
펴낸이 김민지

펴낸곳 미래M&B
등록 1993년 1월 8일(제10-772호)
주소 04030 서울시 마포구 동교로 134 미진빌딩 2층
전화 02-562-1800(대표)
팩스 02-562-1885(대표)
전자우편 mirae@miraemnb.com
홈페이지 www.miraeinbooks.com
블로그 blog.naver.com/miraeibooks
인스타그램 @mirae_inbooks

ISBN 978-89-8394-929-5 03840

＊잘못 만들어진 책은 구입처에서 바꾸어 드립니다.
＊미래인은 미래M&B가 만든 청소년, 성인을 위한 브랜드입니다.

이 책에 나오는 사건들은 여러 해 전, 아직 인터넷이 널리 활용되지 않아서 인터넷으로 할 수 있는 것을 사람이 직접 하던 때에 일어난 일들이다. 특히 어린 친구들에겐 더욱 그러했다….

차례

1장 아이디어 ······················ 9

2장 의기투합 ······················ 15

3장 마케팅 ························ 22

4장 웹사이트 ······················ 27

5장 오프라인에서 온라인으로 ······ 34

6장 인터넷 판매 ··················· 39

7장 회계 기록 ····················· 46

8장 판매량 증가 ··················· 53

9장 위기 ·························· 61

10장 사업 컨설턴트 ················ 69

11장 이사회 ······················· 79

12장 배당금 배분 ·················· 88

13장 파트너십 ····················· 97

14장 계약 체결 ···················· 103

15장 컨설팅	110
16장 사업의 이면	117
17장 신상품 출시	124
18장 어떻게 해야 할지 모를 때	134
19장 경영학 특강	141
20장 세금 납부	149
21장 대변과 차변	155
22장 연례 평가	162
23장 뜻밖의 제안	171
24장 매각	179
25장 업무 종료	185
26장 제안 수락	191
27장 화해	198
28장 스타트업	204

1
아이디어

만약 당신이 펠릭스한테 이 모든 일이 어떻게 시작되었냐고 묻는다면, 펠릭스는 아마 엄마의 생일 카드를 사려던 날에 시작되었다고 말할 것이다.

그날 펠릭스는 학교에서 집으로 돌아오는 길에 크레센트 쇼핑몰에 있는 가게에 들렀다가 큰 충격을 받았다. 진열대에 있는 카드 중에 가장 싼 것이 2천 원(영국의 파운드화를 우리에게 익숙한 원화로 변환함:옮긴이)이었기 때문이다. 펠릭스의 주머니에 있는 돈을 모두 합해도 1,500원밖에 되지 않았다. 이 작은 종이 한 장이 2천 원이나 한다니. 카드 진열대 앞에서 고민하던 펠릭스는 문득 친구 모가 생각났다.

모는 생일 카드를 직접 만들어 썼다. 필요할 때마다 그때그때 하나씩 그림을 그려서 카드를 만들었는데, 며칠 전에는 자기가 디자인한 그림 중 몇 개를 스캔해서 컴퓨터에 저장해뒀다. 그렇게 하면 필요할 때마다 프린트해서 사용할 수 있기 때문이다. 펠릭스는 만약 모가 저장해둔 카드를 하나 프린트해준다면 엄마 생일 카드도 마련하고 돈도 아낄 수 있겠다고 생각했다.

모는 펠릭스와 같은 동네에 사는 여자애였다. 게다가 펠릭스의 집에서 겨우 세 집 건너에 살고 있으니 모의 집에 들르는 건 어려울 게 없었다. 하지만 모는 몸이 아파서 이틀째 학교에 나오지 않고 있었다. 펠릭스가 여러 번 벨을 누르고 나서야 모가 잠옷 차림으로 현관문을 열었다. 어깨에는 이불을 덮어쓴 채였다.

"몸도 좋지 않은데 귀찮게 해서 미안해." 펠릭스는 손을 들어 미안하다는 표시를 하며 말했다. "혹시 네가 만든 카드 하나만 프린트해줄 수 있어? 엄마한테 드릴 생일 카드가 필요해서 말이야."

눈가가 불그스름한 모가 펠릭스를 빤히 쳐다봤다. "지금?"

"음, 최대한 빨리." 펠릭스는 다시 한 번 미안하다는 표정을 지었다. "너도 알겠지만, 한 시간 정도 있으면 엄마가 오실 거라서."

"엄마 생일이 오늘이야?"

"응. 생일 카드를 미리미리 준비했어야 한다는 거 알아. 하지만 아침에 아빠 말을 듣고서야 오늘이 엄마 생일인 걸 알았거든. 그리고…."

펠릭스는 말을 멈췄다. 모가 휙 돌아서더니 거실로 들어가버렸기 때문이다.

펠릭스는 등 뒤로 현관문을 닫고 모를 따라 들어갔다.

컴퓨터는 거실 끝에 있었다(이때만 해도 집 안에 컴퓨터 한 대를 놓고 온 가족이 함께 사용하는 경우가 대부분이었다). 모가 쌓여 있는 컴퓨터 디스크들을 집어 들고 뒤적거리더니 그중 하나를 펠릭스한테 건넸다.

"이걸 주면 네가 프린트할 수 있어?"

"그럼, 물론이지." 펠릭스는 디스크를 받았다. "저기, 혹시 뭐 필요한 거 있어? 그러니까, 내가 뭘 좀 가져다줄까 해서."

"만병통치약 말고는 없는 것 같아." 모는 이미 거실에서 나가고 있었다. "아무튼 그렇게 물어봐줘서 고마워. 미안하지만 난 이만 가서 누울게. 그 안에 있는 카드는 마음껏 프린트해서 써도 돼."

엄마는 펠릭스가 준 생일 카드를 받고 너무나 기뻐했다. 펠릭스도 엄마의 반응에 마음이 흡족했다.

모가 준 디스크 속 카드 도안 5개 중에서 펠릭스가 고른 것은 숲에서 놀고 있는 아이들을 펜으로 그린 그림이었다. 아이들은 불을 피우고, 나무 사이를 뛰어다니고, 직접 만든 창을 던지며 노느라 모두 분주한 모습이었다. 그리고 나이가 지긋해 보이는 선생님은 정장을 입은 채 바닥에 누워 잠을 자고 있었다. 그림 아래에는 이런 글이 적혀 있었다.

윌킨스 선생님은 5F반 아이들과 자연 관찰을 나갈 때마다 중간에 다 같이 누워 쉬는 시간을 마련하셨다….

"윌킨스 선생님이 생각나는구나!" 카드를 살펴보던 엄마가 웃으며 말했다.

윌킨스 선생님은 펠릭스가 초등학교 5학년일 때 담임이었는데, 날씨가 좋으면 매주 금요일 오후에 반 아이들을 데리고 숲으로 자연 관찰을 나갔다. 그리고 그때마다 중간에 다 같이 쉬는 시간을 가졌다. 하지만 쉬는 시간이 필요한 사람은 윌킨스 선생님뿐이라는 걸 모두가 알고 있었다. 선생님이 너무 깊게 잠드는 바람에 결국 아이들이 선생님을 깨워 집에 갈 시간이 훨씬 지났다는 사실을 알려준 적도 있었다.

"정말 재밌는 분이셨는데, 그렇지?" 아빠가 엄마한테서 카드를 건네받으며 말했다. "어떻게 지내시는지 궁금하네."

"틴달 교장선생님의 권유로 은퇴하셨어요." 펠릭스의 형인 윌리엄이 끼어들었다. "지금은 은퇴한 분들과 함께 조류 관찰을 다니세요. 그분들께도 여전히 꼭 쉬는 시간을 마련해주시고요."

아빠가 카드를 할머니한테 전해주자, 할머니가 감탄하는 표정으로 살펴봤다.

"정말 아름다운 그림이구나!" 할머니가 물었다. "이 카드는 어디서 난 거니?"

펠릭스는 친구가 그린 그림을 집에 있는 컴퓨터로 프린트한 거라고 설명했다.

"그 친구만 괜찮다면 할머니도 몇 장 줄 수 있니? 요즘은 카드를 사려고 가보면 너무 대충 만들었거나 이미 누구나 한 번쯤 받아봤을 만한 카드밖에 없더구나."

펠릭스는 모가 마음껏 프린트해서 써도 된다고 말했던 게 생각났다.

"물론이죠."

펠릭스는 컴퓨터로 가서 디스크 속 도안 5개를 하나씩 프린트한 뒤 카드를 접고 적당한 봉투에 담아 할머니한테 갖다 드렸다.

할머니가 기뻐하면서 지갑에서 만 원짜리 지폐를 꺼냈다. 펠릭스는 극구 사양했지만, 할머니는 계속 받으라고 권했다.

"가게에서 사려면 두 배는 줘야 할 거야. 이 카드에 비하면 절반도 맘에 차지 않는데 말이야. 그러니 어서 받으렴."

펠릭스는 결국 돈을 받았다.

주말이 지난 뒤, 펠릭스는 할머니의 전화를 받았다. 할머니는 일요일에 친구 두 분과 만나 차를 마시면서 펠릭스가 프린트해준 카드를 보여줬다고 했다.

"친구들이 무척 맘에 든다면서 자기들도 몇 장 가지고 싶다고 하더구나. 그 두 친구에게도 열 장씩 프린트해줄 수 있겠니? 괜찮다면 나도 다섯 장 더 해주고."

할머니는 30분 뒤에 카드를 가지러 왔다. 그리고 펠릭스한테 3만 원을 줬다. 이번에도 펠릭스는 받지 않으려 했지만, 할머니는 펠릭스의 손에 돈을 쥐여줬다.

"내 나이가 되면 말이다. 카드 보낼 일이 정말 많거든. 그러니 아무도 본 적 없는 카드를 갖게 되면 굉장히 기분이 좋단다. 이 정도면 오히려 우리가 횡재한 것 같구나."

그래서 펠릭스는 이번에도 돈을 받았다.

이틀 뒤, 수업을 마친 펠릭스가 학교를 나서는데 교문 밖에서 같은 반 친구의 엄마가 펠릭스를 불렀다.

"이 카드, 네가 파는 거니?" 친구 엄마의 손에는 모의 그림이 프린트된 카드 하나가 들려 있었다.

그 카드가 어디서 났는지, 그 카드를 프린트한 사람이 펠릭스라는 걸 어떻게 알았는지 짐작이 가지 않았지만, 펠릭스는 그렇다고 했다.

"열 장 묶음으로 파는 것 같던데, 맞지?" 친구 엄마가 지갑에서 만 원짜리 지폐를 꺼냈다. "나도 내일 받을 수 있을까?"

펠릭스는 주저하지 않고 대답했다. "그럼요. 되고말고요."

일은 이렇게 시작되었다. 만약 당신이 펠릭스한테 어쩌다가 카드 사업을 할 생각을 했냐고 묻는다면 펠릭스는 이렇게 대답할 것이다. 생각을 한 것이 아니라고. 생각할 것도 없이 그 일에 빠져들었다고.

어쨌거나 사람들이 계속 이렇게 찾아와 카드를 사겠다며 돈을 준다면…

그건 생각할 필요도 없는 문제다.

2
의기투합

모는 일주일 내내 결석했다. 펠릭스는 토요일이 되어서야 마침내 모를 만나도 된다는 허락을 받았다. 모는 여전히 자기 방 침대에 누워 있었지만, 지난번에 만났을 때보다는 훨씬 안색이 좋아 보였다.

"요 며칠 동안 계속 너를 만나려고 했었어. 그런데 너희 엄마가 안 된다고 하시더라."

"알아. 내가 뇌막염에 걸렸을지도 모른다고 생각하셔서 그랬대."

"아, 그렇구나." 펠릭스는 뇌막염이 뭔지 몰랐지만 이름만 들어도 심각한 병인 것 같았다. "그건 아닌 거지?"

"응. 그냥 독감이래."

"아, 다행이네."

모가 미소를 지었다. "그래서 하고 싶은 말이 뭐야? 내 건강 걱정해주는 거 말고."

"음, 그게 말이야." 펠릭스는 모의 침대 모서리에 걸터앉았다. "저번에 엄마 생일에 드린다고 너한테 부탁했던 그림 카드 얘기 좀 하려고."

"아, 그래? 어떤 카드로 드렸어?"

"자연 관찰 나갔을 때 월킨스 선생님이 주무시고 계신 그림."

"엄마가 좋아하셔?"

"응, 맘에 들어 하셨어. 식구들 모두 카드를 보고 엄청 좋아했어. 특히 할머니는 카드가 너무 맘에 든다면서 할머니 것도 몇 장 뽑아달라고 하시더라. 그래서 도안별로 한 장씩 프린트해드렸지. 그랬더니 할머니가 만 원을 주셨어."

모가 펠릭스를 쳐다봤다. "만 원?"

"응. 그런데 다음 날 나한테 전화하셔선 다섯 장을 더 뽑아달라고 하시는 거야. 그리고 할머니 친구 두 분도 그 카드를 갖고 싶어 한다고 하셔서 그분들 것도 열 장씩 뽑아드렸어. 그랬더니 할머니가 또 돈을 주셨어. 그러고 나서 또 수요일엔 딜런 엄마가 학교 앞에서 나를 부르시더니…."

"그래서 얼마야?" 모가 말을 끊고 끼어들었다.

"뭐가?"

"그래서 받은 돈이 전부 얼마냐고."

"5만 원."

펠릭스는 주머니에서 작게 접힌 지폐들을 끄집어냈다.

"5만 원을 벌었다고? 내 카드를 팔아서?"

"사실, 그 돈을 받을 사람은 내가 아니잖아? 그 카드들은 네가 만든 거니까 이 돈도 네가 받아야 하는 게 분명해. 하지만…" 펠릭스는 잠시 멈췄다가 말을 이었다. "카드를 주문받아서 프린트하고 판매한 사람은 나니까 우리가 번 돈을 나눠 갖는 게 맞다고 생각해. 그러니까 반반으로."

모는 잠시 생각에 잠겼다. 그러다가 이렇게 말했다.

"좋아. 그럼 각각 2만 5천 원씩 나눠 가지면 되겠다. 그렇지?"

"응."

모는 펠릭스가 자기 몫을 주기를 기다렸다. 하지만 펠릭스는 주지 않았다.

"그런데 말이야." 펠릭스가 입을 열었다. "내가 생각을 좀 해봤거든. 우리가 별 노력 없이 카드를 40장이나 팔았다면, 앞으로 카드를 더 많이 팔 수도 있지 않을까? 내가 프린트를 해서 파는 거지. 뭐, 한 200장 정도? 하지만 그러려면 인쇄할 종이와 봉투를 더 사야 해. 프린터에 넣을 잉크도. 집에 있는 잉크가 거의 바닥났거든."

"그럼 돈이 얼마나 드는데?"

"5만 원 정도."

"그 정도 들긴 하겠다." 모는 안타까운 표정으로 펠릭스의 손에 들린 돈을 바라봤다. "자신 있는 거지?"

"뭐가?"

"카드를 더 많이 팔 수 있다는 거 말이야. 만약에 못 팔면 어떻게 해?"

"만약 팔지 못하면 우린 5만 원을 잃는 거지." 펠릭스는 순순히 인정했다. "하지만 내 생각엔 이걸로 돈을 더 벌 수 있을 것 같아. 정말이야."

이런 상황이 처음은 아니었다. 모는 펠릭스가 이 말을, 아니면 비슷한 말을 하는 걸 전에도 들은 적이 있었다. 하지만 더 이상 따지지 않고 그저 고개만 끄덕였다.

"그러자."

"좋아!" 펠릭스는 일어서서 돈을 다시 주머니에 쑤셔 넣었다. 그리고 방문을 향해 걸어가다가 문 앞에서 모를 돌아보며 말했다. "모, 이번엔 예감이 좋아. 진짜로!"

모는 웃으면서 펠릭스가 나가는 모습을 지켜봤다. 펠릭스와 모는 아주 어릴 때부터 친구였다. 그리고 펠릭스가 뭔가 '아이디어'를 내놓을 때면 모는 대부분 그 아이디어에 동참해줬다.

누가 알겠는가. 언젠가 그런 아이디어 중 하나가 정말로 성공할지.

모가 그린 카드를 본 5F반 출신 아이들과 부모들은 누구나 잔디밭 위에 잠들어 있는 월킨스 선생님을 알아볼 수 있었다. 그리고 그림 속 아이들이 누구인지도 금세 알아볼 수 있었다. 예를 들어, 독사가 사는 굴을 살펴보고 있는 아이는 분명 배리였다(배리는 학교에 자기가 키우는 타란툴라를 가져온 적도 있었다). 직접 만든 화살로 자기 발등을 찍고 있는 아이는 사고뭉치로 유명한 딜런이었다. 그리고 한쪽 구석에서 반 친구들한테 컵 수프를 팔고 있는 아이는 누가 봐도 펠릭스였다. 펠릭스는 모든 카드에 등장했다. 그리고 등장할 때마다 뭔가를 팔고 있었다. 그게 바로 모두가 기억하는 펠릭스의 모습이었기 때문이다.

지난 몇 년 동안 펠릭스는 좋은 사업 계획들을 생각해냈다. 그리고 모는 펠릭스의 거의 모든 계획에 어떤 식으로든 참여했다. 여섯 살 때, 집집마다 돌아다니며 꽃다발을 팔았던 게 펠릭스의 첫 사업이었다. 그때 모가 맡은 일은 부케를 만들어 들고 다니는 것이었다. 그 뒤로 펠릭스는 모가 일일이 셀 수 없을 정도로 많은 사업을 계획하고 착수했다.

펠릭스는 길가에 테이블을 펴놓고 수제 케이크를 팔았고, 학교에서는 쉬는 시간에 운동장에서 비스킷을 팔았고, 자기 집 차고에서 중고 장난감 거래소를 운영하기도 했다. 또 직접 새끼 쥐를 번식시켜서 팔거나, 개 산책 대행 사업과 잔디 깎기 대행 사업도 했으며, 학교에서 핸드폰이 없는 친구들한테 핸드폰을 빌려주는 사업도 했다. 쇼핑 대행 서비스, 각종 시합 및 복권 행사 개최, 머리 염색 서비스, 강아지 쓰다듬어주기 서비스, 숙제 보조 서비스….

하지만 안타깝게도 이런 수많은 아이디어 가운데 소위 성공이라고 할 만한 결과를 얻은 경우는 거의 없었다. 대부분 이윤은커

녕 가진 돈을 다 써버리기 일쑤였다. 이런 사업들은 결국 모와 펠릭스한테 경찰이 찾아오는 것으로 마무리되곤 했다.

펠릭스가 가게에서 250장의 카드 용지와 봉투 열 묶음, 엄청나게 비싼 잉크 카트리지가 담긴 가방을 들고 집으로 돌아오면서 이번 카드 사업은 성공을 거둔 뒤에 부모님께 말씀드리기로 결심한 것도 바로 이런 기억들 때문이었다. 아무 성과도 얻지 못한 채 (펠릭스는 그럴 가능성이 크다는 걸 누구보다 잘 알았다) 살 마음도 없는 사람들에게 물건을 팔아보려고 돈을 낭비하느니, 차라리 그 돈을 통장에 저축해놓는 게 훨씬 현명한 일이라는 부모님의 설교를 또다시 듣고 싶지는 않았다.

운 좋게도 부모님은 정원에서 뭔가를 분주히 하느라 펠릭스가 가방을 들고 현관문을 지나 위층으로 올라가는 걸 알아채지 못했다. 방에 들어간 펠릭스는 사 온 물건들을 조심스레 여행 가방에 담아 침대 밑으로 밀어 넣었다.

펠릭스는 카드를 프린트하려면 월요일까지 기다려야겠다고 생각했지만, 이번에도 운이 좋았다. 동물병원 간호사인 엄마는 일요일 점심 식사 후, 자전거에 치인 고양이의 응급 수술을 해야 하니 병원에 와달라는 연락을 받았다. 산림 위원회에서 관리자로 일하는 아빠 역시 밀린 서류 작업 때문에 오후에 출근했다. 게다가 형 윌리엄도 영화를 보러 나가서, 펠릭스는 오후 내내 집에 혼자 있을 수 있었다. 그 정도면 누구의 간섭도 받지 않고 필요한 카드를 프린트하기에 충분한 시간이었다.

모가 준 카드 도안 5개를 각각 40장씩 프린트하고 10개씩 각각 한 세트로 묶어놓는 데 한 시간이 조금 넘게 걸렸다. 펠릭스는 부엌에 있는 냉동용 비닐 팩에 한 세트씩 나눠 담은 뒤 자기 방으로 갖고 올라가서 바닥에 내려놓았다. 그리고 침대에 앉아 그것들을 바라봤다.

10장들이 카드가 20세트. 총 200장이었다.

펠릭스는 기분이 좋았다. 이제 카드를 파는 일만 남았다.

3
마케팅

펠릭스가 이용할 수 없는 몇 가지 판매 방식이 있었다. 지난번에 경찰은 펠릭스한테 길이나 공공장소에서 허가 없이 물건을 팔면 안 된다고 했다. 학교 구역 내에서도 누구에게든 물건을 파는 게 금지되어 있었다. 그리고 펠릭스의 부모님은 펠릭스로부터 동네를 돌아다니며 다른 집 문을 두드리는 행동을 하지 않겠다는 약속을 받아냈다. 펠릭스가 문을 두드리는 게 싫었던 이웃들이 부모님에게 항의한 게 분명했다.

남은 선택지가 별로 없었다. 하지만 펠릭스는 크리스마스 선물로 모한테 받았던 책에서 한 가지 방법을 찾았다. 앤서니 콜먼이 쓴 〈창업하려는 당신이 알아야 할 모든 것〉이라는 책이었다. 모가 학교 바자회에서 고른 책이었는데, 펠릭스는 이 책을 처음부터 끝까지 두 번 읽었다.

그 책의 제5장 제목은 '마케팅'이었다. 창업자가 고객을 방문할 때 깔끔하고 단정한 차림을 하는 게 얼마나 중요한지를 설명하는(펠릭스와는 관련이 없는) 내용이 대부분을 차지했다. 하지만 마지막 부분에 광고에 대한 설명이 나왔고, 펠릭스는 거기서 해볼 만한 아이디어를 발견했다.

그 책에서 앤서니 콜먼은 이렇게 말했다. 당신의 회사가 제공하는 주요 서비스와 함께 연락 가능한 전화번호를 기재하여 전단을 만드는 것도 사업 홍보 방법 중 하나다. 밝은 색깔로 유쾌한 분위기가 나는 전단을 만들어서 집집마다 문틈에 끼워 놓는다.

펠릭스는 부모님에게 다른 집 대문을 두드리지 않겠다고 약속한 게 생각났다. 하지만 우체통에 전단을 넣는다면 문을 두드릴 필요가 없으니 괜찮을 것이다. 다음 날 아침, 학교에 간 펠릭스는 역사 시간에 간단하게 전단 디자인을 그렸다. 그리고 오후 컴퓨터 시간에는 그 디자인을 화면 속에 옮겨 넣는 데 성공했다.

전단 맨 위에는 이렇게 썼다. '카드 10장에 만 원!' 문구 바로 밑에는 모가 만든 카드 중 하나를 스캔해서 배치했고, 맨 밑에는 아래 번호로 전화하면 이런 멋진 카드 세트를 살 수 있다는 설명을 적은 다음 펠릭스의 전화번호를 써 넣었다.

집으로 돌아온 펠릭스는 자기가 만든 전단을 100장 프린트했다. 그리고 다음 날 첫 전단 배포 작업을 했다. 학교 가는 길에 거리 두 곳을 돌며 전단 50장을 집집마다 우체통에 넣었다. 그리고 집으로 돌아오는 길에도 그런 식으로 (이번에는 다른 거리에 있는 집 50곳에) 전단을 넣었다.

그런데 전단을 돌린 지 일주일이 지나도록 카드를 주문하는 전화는 오지 않았다. 일주일 뒤에 전단을 100장 더 돌렸지만, 여전히 주문 전화는 없었다.

실망스러운 결과였다. 하지만 펠릭스는 이 사실을 받아들일 수밖에 없었다.

펠릭스는 이런 좌절 속에서도, 결국 프린트한 카드 200장을 거의 다 팔았다. 늘 친구들에게 카드를 보내는 할머니한테 열 장짜리 두 세트를 더 팔았고, 나머지는 딜런의 엄마처럼 학교 앞에서 펠릭스를 불러 카드를 사겠다고 하는 사람들에게 팔았다.

몬머스 초등학교 5F반이었던 자녀를 둔 부모들은 카드 그림 속에서 윌킨스 선생님처럼 친숙한 선생님들을, 그리고 자녀와 그 친구들의 모습을 찾아보면서 무척 즐거워했다. 학교 앞에서 카드를 사려는 사람들이 점점 많아지자 펠릭스는 학교에 갈 때 미리 카드를 준비해서 가져가기 시작했고, 그렇게 하니 다음에 다시 만나서 주기로 약속할 필요 없이 그 자리에서 바로 카드를 판매할 수 있었다.

펠릭스는 프린트했던 카드 20세트 중에서 17세트를 팔아 2주 동안 모두 17만 원을 벌었다. 이 정도면 훌륭한 성과였다. 하지만 펠릭스는 판매할 카드를 더 프린트해야 할지 확신이 서지 않았다. 카드를 살 만한 부모들은 이제 거의 다 산 데다, 전단을 보고 연락하는 사람이 없다는 게 문제였다.

그러던 중, 수요일에 펠릭스가 학교를 나서는데 멜로 아주머니라는 사람이 펠릭스를 불러 세우더니 "네가 팔고 있는 카드 좀 살 수 있냐고 물었다. 펠릭스는 그렇다고 말하고 가방에서 한 세트를 꺼내 보여줬다.

멜로 아주머니가 카드를 꺼내 살펴보더니 그중 한 장을 가리키며 빙그레 웃었다.

"이야, 여기 있었네! 여기 봐봐, 사마르도 있어!"

멜로 아주머니가 가리킨 것은 펠릭스가 가장 좋아하는 그림 중 하나였다. 학교 운동장을 배경으로 한 그림 속에는 검은 원피스를 입은 아담한 여자가 정장을 입은 남자에게 말을 하고 있었다. 몬머스 초등학교에 다닌 사람이라면 누구나 그 여자가 틴달 교장선생님이라는 걸 금세 알아볼 수 있었다.

그 그림 아래에는 이렇게 적혀 있었다.

장학관이 이 학교에서 일하는 선생님은 몇 명이나 되냐고 묻자, 틴달 선생님이 대답하셨다. 전체 선생님 중 절반 정도만 일을 하는 것 같다고….

교장선생님 뒤로는 5F반 아이들이 흩어져 있었다. 그중에는 침착한 표정을 한 예쁜 여자애가 있었다. 그리고 주위의 남자애들이 함께 놀고 싶은 듯 그 여자애를 바라보고 있었다. 그 애는 멜로 아주머니의 딸, 사마르였다.

"카드가 정말 예쁘다!" 멜로 아주머니가 가방에서 지갑을 꺼냈다. "어젯밤 온라인 주문을 하려고 했는데, 적혀 있는 웹사이트에 연결이 되지 않더구나."

"네?"

멜로 아주머니가 카드 뒷면을 가리켰다. 아주머니가 가리킨 곳에는 바코드와 함께 'www.thekardmart.co.uk'라고 적혀 있었다. 사실 모가 진짜 가게에서 파는 것처럼 보이려고 카드 뒷면에 그려 넣은 게 몇 가지 있었는데, 바코드와 웹사이트 주소도 그중 하나였다.

"몇 번이나 접속해봤지만," 아주머니가 만 원짜리 지폐를 건넸다. "웹사이트에 문제가 있는 것 같더라."

"진짜 웹사이트 주소가 아니어서 그래요. 모가 진짜 카드 회사에서 만든 것처럼 보이려고 그냥 적어 놓은 거거든요."

그 순간, 펠릭스의 머릿속에 그게 진짜 웹사이트 주소면 좋겠다는 생각이 떠올랐다.

인터넷이라… 펠릭스는 인터넷이야말로 카드를 팔기에 정말 좋은 방법인 것 같다고 생각했다.

4
웹사이트

"18만 원이라고?" 모가 물었다. "정말이야?"

"응." 펠릭스가 대답했다.

두 사람은 모의 방에서 서로 마주 보고 앉아 있었다. 펠릭스 손에는 지폐 뭉치가 들려 있었다.

"그럼, 우리 둘이 각각 9만 원씩?"

"맞아."

"우와!" 모가 활짝 웃었다. "이건 진짜, 기대 이상인데!"

모는 펠릭스가 자기 몫을 건네주기를 기다렸다. 하지만 펠릭스의 손은 움직이지 않았다.

"그런데 말이야." 펠릭스가 말했다. "난 우리가 이보다 더 많이 벌 수 있을 것 같거든."

"아." 모의 얼굴에서 미소가 사라졌다. "그래?"

펠릭스는 사마르의 엄마와 웹사이트 주소 이야기를 하면서 인터넷 판매를 생각하게 된 경위를 설명했다.

"그건 우리가 해도 되는 거야?" 모가 물었다. "스무 살 어른이 되어야 할 수 있는 게 아니고?"

"나도 모르겠어."

"돈은 얼마나 들어?"

"그것도 잘 모르겠어."

"웹사이트는 누구한테 만들어달라고 할 거야? 넌 컴퓨터에 대해선 잘 모르잖아."

"맞아, 잘 몰라. 그래서 네드한테 부탁해볼까 생각 중이야."

"네드 피터슨?"

펠릭스가 고개를 끄덕였다.

네드 피터슨이라면 분명 컴퓨터를 잘 아는 아이였다. 심지어 네드가 초등학생일 때도 선생님들은 파워포인트가 뜻대로 되지 않거나 노트북 컴퓨터가 갑자기 먹통이 되면 네드를 찾았다. 네드가 그냥 컴퓨터 앞에 앉아 1분 정도 키보드를 두드리기만 하면 모든 것이 다시 제대로 작동했다. 네드 역시 모의 그림들에 나오는데, 다른 친구들이 무슨 활동을 하든 상관없이 언제나 컴퓨터 화면만 보고 있었다. 교실에서도, 운동장에서도, 자연 관찰을 나가서도 마찬가지였다.

"네드는 요즘 좀 바빠 보이던데. 웹사이트 만들려면 시간이 많이 들 거 아냐. 그렇지 않겠어?"

"그러니까 대가를 지불해야겠지." 펠릭스가 잠시 멈췄다가 말을 이었다. "예를 들면 우리가 번 돈에서 어느 정도를 준다든가."
"아." 모가 침대에 몸을 기대면서 슬픈 표정으로 펠릭스의 손에 들린 돈을 바라봤다. "왠지 이번에도 내 돈 9만 원은 못 받을 것 같은 불길한 예감이 드네. 맞지?"
"물론 지금 가져도 돼. 그건 네 돈이 맞으니까. 하지만 웹사이트를 만드는 데 얼마가 들지 모르고 카드 용지, 봉투, 잉크 같은 것도 사야 하니 필요한 돈이 얼마인지 알 수 있을 때까지는 내가 보관하고 있는 게 좋을 것 같아. 너만 괜찮다면 말이야."
모가 한숨을 내쉬었다.
"내 생각에 이번엔 우리가 진짜로 많은 돈을 벌 수 있을 것 같아. 예감이 좋아."
"이렇게 될 것 같긴 했어." 모가 펠릭스를 보며 웃었다. "좋아, 해보자!"

모가 말한 대로 네드는 요즘 바빴다. 초등학교 시절, 펠릭스와 모는 네드와 서로 친한 사이였다. 하지만 중학교에 올라가자 네드의 뛰어난 컴퓨터 실력을 원하는 곳이 더욱 많아져서인지 펠릭스도 최근에는 네드를 자주 보지 못했다.
펠릭스는 다음 날 점심시간, 학교 공연장 조명실에서 마침내 네드를 찾아냈다. 공연장에서는 뮤지컬 〈요셉 어메이징〉의 리허설이 진행되고 있었다. 이 뮤지컬의 무대 조명은 모두 컴퓨터로 조정하고 있었다.

"바쁠 테니까 딱 한 가지만 얼른 물어보고 갈게." 펠릭스는 의자 하나를 당겨 네드 옆에 앉으면서 말했다. "웹사이트 만드는 거, 많이 어려운 일이야?"

"어떤 웹사이트?" 조명실 유리창 너머로 보이는 무대에 시선을 고정한 채 네드가 물었다.

"우선 내가 이 주소로 웹사이트를 만들 수 있는지 알고 싶어."

펠릭스가 'www.thekardmart.co.uk'라고 적은 쪽지를 내밀자, 네드가 그걸 흘낏 살펴봤다.

"상황에 따라 달라."

"무슨 상황?"

"이미 그 이름으로 웹사이트를 등록한 사람이 있느냐 없느냐에 따라 다르다는 거야. 이미 등록한 사람이 있으면 넌 그 주소를 사용할 수 없어. 하지만 아무도 등록하지 않았다면 네가 사용할 수 있고."

"그럼 돈은 얼마나 들까? 등록하려면."

네드가 어깨를 으쓱해 보였다.

"비용도 경우에 따라 다르겠지."

"알아봐줄 수 있어? 정확히 얼마인지?"

"음… 이따 저녁에 한번 알아볼게. 지금은 내가….'

"조명 어떻게 된 거니!" 공연장 맨 앞자리에서 리처즈 선생님이 소리쳤다. "파라오를 비추는 조명이 하나도 없잖아! 저러면 배우가 아무것도 볼 수 없다고!"

"죄송해요, 선생님!"

네드가 서둘러 키보드를 두들겼다.

"좋아." 펠릭스는 쪽지를 조명 조절기 옆에 조심스레 내려놓았다. "잊으면 안 돼. 알았지? 중요한 거야!"

네드는 잊지 않았다. 다음 날 점심시간, 식당에서 샌드위치를 먹으면서 펠릭스와 모한테 'www.thekardmart.co.uk'라는 도메인은 아직 아무도 등록하지 않았으므로 원한다면 그 주소로 웹사이트를 만들 수 있다고 말해줬다.

"등록 비용은 3만 원이야. 일단 등록하면 너희가 2년 동안 그 도메인을 쓸 권리를 갖게 돼. 2년 뒤에 계속 그 도메인을 쓰고 싶으면 다시 돈을 내야 해."

3만 원이라면 펠릭스가 생각한 것보다 훨씬 적은 비용이었다. 다시 말하면 도메인을 등록하고도 카드를 만드는 데 필요한 물품과 프린터 잉크를 살 수 있다는 뜻이었다.

하지만 아직 작은 문제가 두 가지 남아 있었다.

"네가 해줄 수 있어?" 펠릭스가 물었다.

"뭘?"

"도메인 등록하는 거."

"난 3만 원이 없어."

"걱정 마." 모가 끼어들었다. "돈은 우리가 줄 거야."

"너희가?"

"내가 그린 카드를 펠릭스가 팔고 있는데, 지난 3주 동안 180개나 팔았어. 하나에 만 원씩."

"정말?"

네드가 펠릭스를 쳐다봤다. 펠릭스는 고개를 끄덕였다.

"앞으로 그보다 훨씬 많이 팔 수 있을 것 같아. 우리한테 웹사이트가 있다면 말이야." 펠릭스는 자신 있게 말하고 가방에서 카드 한 세트를 꺼내 네드 쪽으로 밀었다. "카드가 정말 예뻐!"

네드가 카드 세트의 맨 위에 있는 카드를 찬찬히 살펴봤다. 맨 위에 있는 것은 윌킨스 선생님이 등장하는 카드였다. 네드의 시선이 그림 속에 있는 작은 아이한테 머물렀다. 나무에 등을 기대고 앉아 컴퓨터 화면을 보고 있는 아이였다.

"이거, 나야?"

"응." 모가 고개를 끄덕였다. "다른 카드에도 대부분 네가 나와."

"해줄 거야?" 펠릭스가 물었다.

"뭘?"

"도메인 등록. 우리가 돈을 낸다면."

"아, 그거." 네드가 잠시 생각하더니 대답했다. "그래, 좋아."

"그럼 이제 웹사이트를 만들어줄 사람만 있으면 되는데…."

"음…" 네드가 얼굴을 찌푸렸다. "그건 내가 잘할 수 있을지…."

"괜찮아! 별로 복잡한 건 없을 거야." 펠릭스는 네드를 안심시켰다. "그리고 어떤 내용을 넣을지는 우리가 다 말해줄게. 내가 이미 웹사이트에 적을 내용을 다 생각해놨고, 모는 웹사이트 디자인을 만들었어. 넌 그걸 그대로 옮겨주기만 하면 돼. 컴퓨터 언어로 말이야."

"그런데 요즘 좀 바빠서… 연극 준비도 해야 하고, 또….'

"웹사이트를 만들어주면 카드 판매 수익을 나눠줄게."

"우리가 카드를 팔아 돈 벌 때마다 너도 네 몫을 받게 되는 거야." 모가 거들었다.

"돈을 못 벌면?"

"그럼 돈을 못 받겠지. 우리도 그렇고. 하지만 카드가 잘 팔리기만 하면 너도 돈을 많이 벌 수 있어."

"펠릭스가 이번엔 정말 예감이 좋대." 모가 맞장구쳤다.

네드가 카드 세트를 집어 들고 다섯 장 모두를 쭉 넘겨봤다.

"카드가 예쁘긴 하네."

"대박 예쁘지." 펠릭스가 말을 받았다. "나도 반드시 잘될 거라고 장담할 순 없어. 하지만 해볼 만한 가치가 있다고 생각해. 넌 그냥 웹사이트를 만들어주기만 하면 돼. 그런 다음 그냥 편히 앉아서 네 몫을 기다리면 되는 거야."

네드는 한동안 말없이 앉아 있었다. 그러다가 마침내 고개를 들어 모와 펠릭스를 바라봤다.

"좋아." 네드가 활짝 웃으며 말했다. "나도 할래."

5
오프라인에서 온라인으로

웹사이트 디자인에서 가장 어려웠던 점, 즉 펠릭스가 가장 결정하기 힘들었던 문제는 주문이 들어왔을 때 어떻게 돈을 받을 것인가 하는 문제였다.

인터넷 쇼핑몰에서는 대부분 신용카드로 결제가 이루어졌다. 하지만 펠릭스는 은행 계좌가 없기 때문에 현금으로 돈을 받을 수밖에 없는 상황이었다. 따라서 돈을 먼저 받고 상품을 보낼 것인지, 아니면 상품을 보낸 다음에 돈을 받을 것인지가 문제였다.

모와 이야기를 나눠본 결과, 두 가지 방식 모두 단점이 있었다. 만약 돈을 선불로 받는다면 분명 그것 때문에 물건을 사지 않으려는 사람들이 많을 것이다. 잘 알지도 못하는, 그래서 자신에게 물건을 보내줄지 말지도 불확실한 사람에게 만 원을 먼저 보내고 싶은 사람이 누가 있겠는가? 반면, 구매자가 상품을 먼저 받은 다음 돈을 보내주는 방식을 택한다면 물건을 받은 사람이 반드시 돈을 보내준다는 보장 또한 없다.

결국 펠릭스가 결정을 내리는 데 도움을 준 것은 모한테서 크리스마스 선물로 받은 책에 나오는 한 구절이었다. '제8장 재정 및 가격 책정' 부분에서 앤서니 콜먼은 소상인이라면 돈을 받기 전에 먼저 서비스부터 제공해야 하는 경우가 많으며, 거기에는 어느 정도 위험이 따른다고 설명했다.

앤서니 콜먼은 또 이렇게 썼다. 하지만 이런 위험은 어쩔 수 없이 감수해야 하는 부분이며, 또 생각하는 것만큼 큰 위험은 아니다. 고객 대부분은 당신이 제공한 서비스에 대해 기꺼이 그 값을 지불할 것이다. 하지만 경험으로 미뤄볼 때, 물건을 받은 고객들 중 약 5퍼센트 정도가 돈을 내지 않는다. 대략 스무 명 중 한 명 정도가, 이유가 뭐가 됐든 돈을 내지 않으려 하거나 내지 못한다는 뜻이다.

펠릭스는 스무 명 중 한 명 정도라면 감당할 수 있겠다고 생각했다.

좋은 웹사이트를 여러 개 살펴본 펠릭스는 최대한 단순하게 웹사이트를 만들었다. 우선 접속했을 때 나타나는 '첫' 페이지에서는 이곳이 카드를 파는 웹사이트라는 사실을 알렸다. 두 번째 페이지에서는 팔고 있는 카드들을 보여줬다. 그리고 세 번째 페이지에는 카드를 사려는 사람이 이름과 주소를 입력할 수 있게 만들었다.

이렇게 간단하게 만드는데도, 웹사이트를 완성하기까지 3주 동안 주말을 거의 다 쏟아 붓고도 모자라 며칠 저녁을 더 투자해야 했다. 세 사람은 네드의 집에 모여서 웹사이트를 만들었다. 필요한 소프트웨어가 모두 네드의 컴퓨터에 있었기 때문이다. 웹사이트 만드는 일은 생각한 것보다 훨씬 재미있었다. 네드의 개인적인 생각으로는 이번 사업으로 돈을 벌 수 있을 것 같지는 않았다(펠릭스가 사업으로 돈을 번 적은 거의 없으니까). 하지만 처음으로 웹사이트를 만들어본 네드는 웹사이트 제작이 꽤 재미있는 일이라는 사실을 알게 되었다. 그리고 혼자만의 생각이긴 하지만, 결과물이 제법 그럴듯했다.

우선, 초기 화면에는 모가 그린 5F반 아이들의 그림을 화면 가장자리에 둥글게 배치했다. 그리고 웹사이트 이름(카드마트)을 마치 스프레이로 뿌린 글씨처럼 디자인하여 맨 위에 배치했다. 그 바로 아래에는 유쾌한 느낌의 폰트를 골라 밝은 색깔로 다음과 같이 적어 넣었다.

어서 오세요! 개성 넘치는 축하 카드를 오프라인 상점의 절반 가격으로 구매할 곳을 찾으시나요? 그렇다면 정말 잘 오셨습니다! 여러 차례의 수상 경력이 있는 모 번리의 디자인이 큰 인기를 끌고 있답니다. 그 이유가 궁금하다면 클릭하세요!

모는 자기가 과연 '여러 차례의 수상 경력이 있다'는 말을 들을 자격이 있는지 확신이 서지 않았다. 하지만 펠릭스는 모가 초등학교 때 3년 연속으로 학교 미술상을 받았던 사실을 상기시켜줬다. 모도 결국 그 말을 그대로 쓰는 데 동의했다.

'다음'을 클릭하면 모가 그린 다섯 장의 카드가 화면에 나타났다. 카드 하나를 클릭할 때마다 그 카드의 크기가 확대돼서 더 자세히 살펴볼 수 있었다.

다섯 장의 카드 밑에는 이렇게 쓰여 있었다.

카드는 세트로 판매됩니다. 한 세트에는 여기 있는 예쁜 카드 다섯 가지가 각각 2장씩, 총 10장이 들어 있습니다. 한 세트에 단돈 만 원! 구매를 원하신다면 아래 버튼을 클릭하세요!

바로 아래에는 '구매하기!'라고 쓰인 커다란 파란색 동그라미가 있었다. 그 동그라미를 클릭하면 다시 화면이 바뀌었다.

바뀐 화면의 맨 위에는 '현명한 선택입니다! 이제 성함과 주소를 입력하시면 구매가 완료됩니다!'라고 쓰여 있었다. 그 아래에는 구매자가 개인 정보를 입력할 수 있는 칸이 있고, 그 칸 밑에는 '보내기!'라고 쓰인 커다란 노란색 버튼이 있었다.

'보내기!' 버튼을 클릭하면 구매자의 개인 정보가 자동으로 펠릭스의 이메일 주소로 전송되었다. 네드는 그 이메일을 펠릭스의 집에 있는 가족 공용 컴퓨터에서 바로 확인할 수 있도록 설정해 뒀다. 펠릭스는 이 모든 것이 어떻게 완성된 것인지 정확히 알 수 없었지만, 네드는 별 어려움 없이 해냈다.

마지막 페이지에는 이렇게 썼다.

주문해주셔서 감사합니다! 주문하신 카드는 우체국 업무가 정상적으로 이루어지는 경우 평일 기준으로 이틀 내에 받아 보실 수 있습니다!

그리고 그 옆에는 모가 그린 몬머스 초등학교 학생 몇 명이 작별 인사라도 하듯 손을 흔들고 있었다.

웹사이트가 모두 잘 작동하는지 마지막으로 점검을 마친 후 모가 말했다. "이거… 이거 진짜 웹사이트 같지 않니!"

펠릭스가 보기에도 웹사이트는 그럴듯했다. 가장 멋진 점은 열네 살짜리 셋이서 이 웹사이트를 만들었다는 게 전혀 티 나지 않는다는 것이었다. 다른 인터넷 쇼핑몰들과 비슷한 수준으로 보였고, 그게 바로 펠릭스가 원하던 바였다.

그동안 펠릭스가 물건을 팔려 할 때마다 맞닥뜨린 문제 중 하나는 사람들이 펠릭스를 그저 어린애로만 취급한다는 사실이었다. 물론 누가 봐도 펠릭스는 어린애이니 당연한 일이었다. 하지만 이 웹사이트에서는 아무도 펠릭스의 나이를 알 수 없었다. 웹사이트에는 카드 판매와 관련된 정보만 있을 뿐, 파는 사람의 나이 같은 건 나와 있지 않으니까.

"언제부터 시작할 수 있어?"

펠릭스가 묻자, 네드가 키보드를 몇 번 두드렸다.

"다 됐어. 이제 시작이야."

한동안 세 사람은 말이 없었다.

마침내 모가 입을 열었다. "그럼 이제 뭘 해야 하지?"

"이제 우리가 할 수 있는 건…" 펠릭스는 천천히 말했다. "기다리는 것뿐이야."

6
인터넷 판매

펠릭스가 방과 후 집으로 돌아와 가장 먼저 하는 일은 가족 컴퓨터로 이메일 계정에 로그인한 뒤 주문이 들어왔는지 확인하는 것이었다.

하지만 매번 펠릭스의 받은메일함은 비어 있었다.

정확히 말하면 웹사이트를 열고서 2주 뒤 월요일이 되기 전까지는 그랬다. 바로 그 월요일, 집에 돌아온 펠릭스는 스카버러에 사는 서머스 부인으로부터 카드 한 세트 주문이 들어온 것을 확인했다.

어쩌다가 서머스 부인이 펠릭스의 웹사이트를 발견하게 되었는지는 알 수 없었다. 화면을 응시하던 펠릭스는 흥분으로 몸이 가볍게 떨리는 걸 느꼈다. 그저 주문 하나가 들어왔을 뿐이고, 서머스 부인이 상품만 받고 돈을 내지 않을지도 모르지만, 펠릭스는 이것이 아주 중요한 기회임을 마음속 깊이 확신했다.

펠릭스는 자리에서 일어나 위층으로 올라갔다. 지난 몇 주 동안, 펠릭스는 주문이 들어오면 어떻게 해야 하는지 생각해보고 구체적으로 계획을 세워두었다.

우선, 펠릭스는 침대 밑 여행 가방에서 배송용 안전 봉투(20장짜리 한 상자를 미리 사뒀다)를 꺼냈다. 그리고 봉투 앞면에 서머스 부인의 이름과 주소를 적은 다음, 봉투 안에 카드 한 세트와 함께 다음과 같이 적힌 종이를 넣었다.

카드마트에서 구입하신 물건이 마음에 드셨길 바랍니다. 문제가 있으면 언제든 연락해주십시오. 만약 저희의 예상대로, 받으신 상품이 만족스러우셨다면 동봉된 봉투에 만 원을 담아 우체통에 넣어주시면 감사하겠습니다!

펠릭스는 이 글이 적힌 종이 20장을 미리 프린트해뒀다.

마지막으로 펠릭스의 집 주소를 적어 우표까지 붙여둔 갈색 봉투를 넣었다. 〈창업하려는 당신이 알아야 할 모든 것〉에서 앤서니 콜먼은, 구매자가 즉시 돈을 지불하게 하려면 지불 절차를 최대한 간편하게 해야 한다고 했다.

펠릭스는 갈색 봉투를 넣기 전, 봉투 왼쪽 위 귀퉁이에 연필로 숫자 1을 쓰고 동그라미를 쳤다. 이렇게 하면 돈이 담긴 봉투가 돌아왔을 때 이 숫자를 보고 서머스 부인이 보낸 돈이라는 걸 알 수 있기 때문이다. 다음 주문이 들어왔을 때는 동봉해서 보낼 갈색 봉투에 숫자 2를 쓸 것이고, 그런 식으로 계속 번호를 매길 예정이었다.

안전 봉투를 봉한 다음, 펠릭스는 공책 하나를 꺼냈다. 미리 다섯 개의 세로 줄을 쳐둔 연습장이었다. 펠릭스는 첫 줄에 숫자 1을 적고 다음 줄에 서머스 부인의 이름을 적었다. 그런 다음 세 번째 줄에는 오늘 날짜를 적고, 네 번째 줄에 체크 표시를 했다. 이 표시는 카드를 포장하여 고객에게 보냈다는 뜻이다. 마지막 줄에는 돈을 받으면 체크 표시를 할 예정이었다.

마지막으로 펠릭스는 포장을 마친 안전 봉투에 우표를 붙이고 '1급 우편'이라고 썼다. 이제 내일 아침 학교 가는 길에 우체통에 넣기만 하면 된다.

다음 날, 주문이 들어왔다는 소식을 듣고 모와 네드가 흥분했다. 사실, 모와 네드는 직접 웹사이트를 만들면서도 누군가 이곳에 찾아와 카드를 주문하리라고는 기대하지 않았다. 하지만 둘의 생각이 틀렸음을 알게 해준 사람은 서머스 부인만이 아니었다. 화요일에는 카드 주문이 들어오지 않았지만, 수요일에 주문 두 건이 들어왔고, 금요일에도 한 건이 더 들어왔다.

펠릭스는 잠깐이나마 사람들이 카드를 받고 돈을 보내지 않을까 봐 걱정했었다. 하지만 목요일에 학교를 마치고 집으로 돌아왔을 때, 현관 발매트 위에 갈색 봉투가 놓여 있었다. 봉투의 왼쪽 위 귀퉁이에는 숫자 1이 적혀 있었다. 봉투를 열어 보니, 그 안에 만 원짜리 지폐와 함께 종이 한 장이 들어 있었다. 그 종이에는 '카드가 정말 예뻐요. 고맙습니다!'라고 적혀 있었다.

펠릭스는 돈을 가지고 방으로 올라가 오래된 신발 상자 안에 넣었다. 업무와 관련된 모든 기록을 보관하는 상자였다. 펠릭스는 만족스러운 표정으로 공책을 꺼내 주문 번호 1 옆에 있는 '결제 완료'란에 체크 표시를 했다.

그다음 주에 일곱 건의 주문이 들어왔고, 또 그다음 주에는 열한 건이 들어왔다. 그리고 그다음 주에는 열세 건이 들어왔다. 펠릭스는 새 주문이 들어올 때마다 모와 네드한테 그 소식을 전했다(이제 펠릭스가 학교에 오면 모와 네드는 자연스럽게 주문이 들어왔는지를 가장 먼저 물었다). 주문이 서른 건을 넘어서고 인터넷 판매를 시작한 지 4주가 거의 다 되어갈 무렵, 모가 세 사람이 알고 있는 다음 단계에 대해 말을 꺼냈다.

"그럼 돈은 언제부터 나눠 가질 수 있는 거야?" 펠릭스와 함께 집으로 돌아가는 길에 모가 물었다.

"안 그래도 생각 중이었어."

"이제 돈도 많이 벌었잖아. 지금까지⋯ 30만 원 정도?"

펠릭스는 적어도 그 정도는 된다는 데 동의했다.

"이제 돈을 나눌 수 있긴 해. 그런데 한 가지 문제가 있어."

"문제? 그 돈을 전부 들여서 또 뭔가 사야 한다고 말하려는 건 아니지?"

"아니야. 그런 문제가 아니라⋯."

"그럼 무슨 문제인데 그래?"

"그게… 지금 시간 괜찮으면 직접 보여줄게."

두 사람은 펠릭스네 집 현관 앞에 도착했다. 문을 열자 발매트 위에 놓인 갈색 봉투 두 개가 펠릭스를 기다리고 있었다. 펠릭스는 그 봉투들을 주운 다음, 모를 데리고 방으로 올라갔다.

펠릭스는 침대 밑에서 여행 가방을 끄집어낸 뒤, 그 안에서 돈을 넣어둔 신발 상자와 공책 두 권을 꺼냈다.

"이 안에…" 펠릭스는 공책 두 권 중 하나를 집어 들었다. "내가 지출한 내용을 모두 적어놨어. 우표, 봉투, 카드 용지 등등 말이야." 그리고 두 번째 공책을 집어 들었다. "그리고 여기엔 주문 내용과 받은 돈을 모두 적어뒀어. 이제 우리가 쓴 돈과 번 돈을 모두 계산한 다음, 그 차액이 여기에 들어 있는 돈과 일치하는지 확인하기만 하면 돼."

그러고는 신발 상자를 열고 그 안에 모아둔 만 원짜리 지폐와 동전, 영수증 더미를 보여줬다.

"그런데…?"

"그런데 절대로 일치하지 않아. 계산할 때마다 결과가 달라."

사실 펠릭스는 지난 4일 동안 다섯 번이나 계산을 해봤다. 그런데 매번 결과가 조금씩 달랐다. 물론 펠릭스가 수학을 그리 잘하는 편은 아니었다. 하지만 그동안 지출한 돈, 현재 상자에 남아 있는 돈, 상자에 남아 있어야만 하는 돈을 계산한 숫자가 매번 다르게 나오자 극심한 좌절감에 빠져버렸다.

"그게 중요한 거야?" 모가 물었다. "그러니까 내 말은, 신발 상자에 돈이 많이 있는 것 같은데 그냥… 우리 다 같이 모여 앉아서 공평하게 나눠 가지면 안 되는 거야?"

"물론 그럴 수도 있지. 하지만 이번엔 정말 제대로 하고 싶거든. 원칙대로 정확하게 하고 싶어."

〈창업하려는 당신이 알아야 할 모든 것〉에서 앤서니 콜먼은 성공적인 기업 경영을 위해서는 돈이 들어오고 나가는 것을 정확히 기록해야 한다고 여러 번 언급했다. 그리고 그렇게 하지 않으면 사업을 꾸려나가는 도중에 결국 심각한 문제가 발생할 수 있다고 경고했다.

모는 자기가 직접 돈 계산을 도와주면 어떨까 하고 생각했다. 하지만 모의 수학 성적은 펠릭스보다 훨씬 나빴기 때문에 재빨리 그 생각을 접었다. 모는 여행 가방으로 시선을 돌려 펠릭스가 준비해둔 카드 세트를 바라봤다. 손을 뻗어 카드 세트 하나를 집어든 모는 맨 위에 있는 카드의 그림 속 아이 하나를 손가락으로 짚으며 말했다.

"여기 답이 있는 것 같은데?"

그것은 틴달 교장선생님이 운동장에 서 있는 그림이었다. 그리고 그림 속의 한 아이가 분필 조각을 가지고 아스팔트 바닥 위에다 2차 방정식을 풀고 있었다.

몬머스 초등학교에 다닌 학생이라면 누구나 그 여자애가 누구인지 금세 알아볼 수 있었다. 모의 다른 카드에도 여러 번 등장하는 엘리메이는 항상 수학과 관련된 것을 하고 있었다. 펠릭스가 기억하는 다른 카드에서 엘리메이는 펜을 들고 교실 벽 위에다 빛의 속도를 구하는 공식을 쓰고 있었다.

펠릭스도 엘리메이가 이 문제의 완벽한 해결책이라는 데 즉각 동의했다. 엘리메이라면 공책에 담긴 숫자들과 신발 상자에 있는 돈을 제대로 정리해줄 것이다.

엘리메이가 계산하면 언제나 모든 숫자가 제자리를 찾아가기 때문이다.

7
회계 기록

다음 날 점심시간, 펠릭스는 음악 연습실에서 엘리메이를 발견했다. 엘리메이는 첼로를 연주하고 있었다.

"안녕. 방해해서 미안한데… 네 도움이 필요해."

"펠릭스, 우린 지금 연습 중이야." 엘리메이가 첼로 활로 연습실 안에 있는 세 명의 친구를 가리켰다. 두 명은 바이올린, 나머지 한 명은 플루트 연주자였다. "콘서트 준비를 하고 있거든."

"어, 그래. 그럼 내가 최대한 빨리 얘기할게…." 펠릭스는 엘리메이 옆에 앉았다. "있잖아, 내가 사업을 하나 시작했는데…."

"아…."

엘리메이가 안경 너머로 펠릭스를 바라봤다.

엘리메이는 펠릭스의 사업에 몇 번 참여한 적이 있었다. 한번은 펠릭스가 엘리메이한테 토요일 아침 시내에서 첼로 연주를 해달라고 부탁했다. 그리고 엘리메이가 연주하는 동안 펠릭스는 사람들 사이로 모자를 돌리며 돈을 받았다. 그 사업은 굉장히 성공적이었지만 채 30분도 안 되어 경찰이 왔다.

"걱정 마." 펠릭스가 말했다. "경찰서에 갈 일은 없어. 약속할게. 요즘 모가 그린 그림으로 카드를 만들어 팔고 있거든. 그런데 이윤이 정확히 얼마인지 계산이 안 돼. 우린 이걸 꼭 알아야 해. 모, 네드랑 내가 수익을 분배해야 하거든. 참, 네드는 웹사이트를 만들어줬어. 도와줄 수 있어?"

"계산을 해달라는 거야?"

"응. 바로 그거야. 네가 계산을 좀 해주면 좋겠어."

엘리메이가 고개를 끄덕였다.

"그래."

"좋아! 그럼 혹시 학교 끝나고 나랑 같이 우리 집에 가줄 수 있어?"

엘리메이가 잠깐 생각하더니 대답했다.

"정말 경찰서에 갈 일은 없는 거지?"

"절대 없어."

"그럼 학교 끝나고 만나."

오후 3시 30분, 펠릭스는 학교 정문 앞에서 엘리메이와 만났다. 어쩌면 엘리메이는 펠릭스가 경찰서에 갈 수도 있다고 말했어도 펠릭스를 도왔을 것이다. 왜냐하면… 그냥… 펠릭스니까.

엘리메이는 몬머스 초등학교에 처음 전학 온 그날이 아직도 기억났다. 당시 여덟 살이었던 엘리메이는 태어날 때부터 전학 오기 일주일 전까지 쭉 홍콩에서 살았다. 그러다 할머니와 함께 살기 위해 영국으로 오게 되었다. 전학 온 첫날 쉬는 시간, 엘리메이는 아이들이 떠들썩하게 노는 소리를 들으며 혼자 운동장에 서 있었다. 그 어느 때보다도 외롭고 두려웠다.

그런데 그때, 부산스럽게 돌아다니던 펠릭스가 순식간에 엘리메이를 어디론가 끌고 갔다. 정신을 차려보니 엘리메이는 게임을 하려고 무리 지어 서 있는 아이들 틈에 끼어 있었다. 그 이후에도 펠릭스는 학교 내의 여러 가지 일에 엘리메이를 끌고 갔다. 그 여러 일 중에는 할머니가 아시면 허락하지 않을 만한 것도 있었지만, 덕분에 엘리메이는 더 이상 두려움을 느낄 일이 없었다. 그리고 전혀 외롭지 않았다.

그렇게 전학 첫날부터 두 사람은 친한 친구가 되었다. 요즘은 수업이 거의 다 달라서 자주 보지 못하지만, 펠릭스가 도움을 요청하면 엘리메이는 주저 없이 도와줬다.

집으로 걸어가면서 펠릭스는 엘리메이한테 카드 사업 이야기를 해줬다. 지금까지 했던 사업들 중 가장 성공적이고, 자기도 깜짝 놀랐다고 말했다. 집에 도착하자 펠릭스는 자기 방으로 가서 신발 상자 안에 든 것을 보여줬다. 그것을 본 엘리메이는 놀랐다.

"이게 다 네가 번 돈이라고?" 엘리메이는 영수증과 함께 뒤섞여 있는 만 원짜리 지폐들에서 눈을 뗄 수가 없었다. "카드를 팔아서?"

"맞아." 펠릭스는 공책 두 권을 꺼내 엘리메이한테 건네줬다. "이 공책엔 카드를 산 사람들의 목록이 있어. 거기 체크 표시는 돈을 받았다는 뜻이야. 그리고 이건 내가 구매한 물품 목록이야. 좀 어수선하긴 하지만 빠짐없이 적어놓긴 했어. 네가 이 숫자들을 제대로 계산해줬으면 좋겠어."

엘리메이는 고개를 끄덕임과 동시에 상자 속에 있는 것들을 모두 꺼내서 영수증, 지폐, 동전을 따로 분류하기 시작했다.

"미안하지만 나 잠깐 나갔다가 와도 되지?" 잠시 엘리메이를 지켜보던 펠릭스가 물었다. "부모님이 돌아오시기 전에 컴퓨터로 해야 할 일이 좀 있거든." 그러고는 봉투와 카드 세트 몇 개를 챙겨 일어섰다. "필요한 거 있으면 나 불러."

펠릭스는 서둘러 아래층으로 내려가 이메일을 확인했다. 주문이 두 건 더 들어와 있었다. 한 건은 북런던에서, 다른 한 건은 스태퍼드에서 온 것이었다. 펠릭스는 안전 봉투에 주소를 적었다. 그리고 각각의 봉투에 카드 세트와 회신용 갈색 봉투를 넣었다.

10분 뒤, 다음 날 바로 보낼 수 있도록 우표를 붙이고 봉투를 밀봉한 펠릭스는 공책에 주문을 기록하려고 위층으로 올라갔다. 그사이 엘리메이는 벌써 엄청난 진전을 보이고 있었.

카펫 위에 클립으로 묶은 영수증이 쌓여 있고, 둥글게 말린 지폐들은 고무줄로 깔끔하게 묶여 있고, 동전들(펠릭스가 물건을 사면서 생긴 잔돈이었다)은 비닐봉지에 들어 있었다. 그리고 엘리메이는 작은 공책 하나에 뭔가를 열심히 적고 있었다.

"이걸 집에 가져가야 할 것 같아."

엘리메이가 공책과 영수증을 가리켰다.

"좋아. 가져가기 전에 오늘 주문 건들만 좀 기록할게."

펠릭스는 새로 들어온 주문 내용을 적기 시작했다. 그동안 엘리메이는 돈을 다시 신발 상자에 넣었다.

"얼마나 걸릴 것 같아? 혹시, 월요일까지 해줄 수 있어?"

"월요일까지…" 엘리메이가 가방에 공책과 영수증을 조심스럽게 넣었다. "음, 그 정도면 될 것 같아."

"아주 좋아. 완벽해."

엘리메이는 약속을 잘 지키는 친구였다. 월요일 쉬는 시간, 엘리메이는 도서관에서 펠릭스한테 회계 장부(펠릭스는 엘리메이가 그런 걸 어디서 구했는지 알 수 없었다)를 보여줬다. 회계 장부의 앞부분 몇 페이지에 걸쳐 모든 거래 내역이 깔끔히 정리되어 있었는데 지출은 왼쪽 페이지에, 수입은 오른쪽 페이지에 적혀 있었다. 엘리메이는 매달 이런 식으로 장부를 정리하면 된다고 설명했다. 영수증은 여러 봉투에 나뉘어 담겨 있었고, 봉투 겉에는 날짜와 총액이 적혀 있었다. 엘리메이는 그것들을 다시 신발 상자에 넣어두라고 했다. 그리고 또 다른 종이에는 엘리메이가 '현재 합계'라고 설명한 값이 적혀 있었다. 그것은 지금까지의 총수입에서 총지출을 뺀 것, 즉 정확한 이윤을 뜻하는 것이었다. 그 값은 32만 4천 원이었다.

"완벽해." 펠릭스는 활짝 웃으며 말했다. "점심시간에 모랑 네드한테도 보여줄게. 둘 다 좋아할 거야." 그러고는 종이에 적힌 합계 금액을 보며 다시 활짝 웃었다. "둘 다 엄청 좋아하겠어."

네드와 모는 정말정말 좋아했다.
"32만 원이나 된다고? 그게 정말이야?" 네드가 물었다.
"엘리메이가 계산했어. 그러니까 맞을 거야. 그건 확실해. 하지만 아직 전부 다 나눠 가질 순 없어. 그중에 어느 정도는 내가 갖고 있다가 봉투랑 스탬프 같은 걸 또 사야 하거든."
앤서니 콜먼의 책에서는 항상 위기 상황에 대비해 급히 쓸 수 있는 현금을 충분히 보유하고 있어야 한다고 강조했다.
"그럼 얼마씩 가질 수 있는 거야?" 모가 물었다.
"내 생각에 이번엔 5만 원씩 갖는 게 좋을 것 같아. 그럼 남는 돈도 충분하고. 어때, 너희 둘 다 괜찮아?"
"난 좋아." 네드가 동의했다. "그런데 언제?"
"학교 끝나고 우리 집으로 가서 같이 나누자. 그리고 한 가지 더 말할 게 있어. 엘리메이도 수익을 나눠주는 게 좋을 것 같아. 앞으로도 계속 도움을 받아야 하니까."
"그럼 엘리메이한테는 얼마나 주는 거야?"
그건 펠릭스도 이미 생각해본 문제였다. 엘리메이가 세 사람보다 적은 몫을 받는 게 맞다고 생각할지도 모른다. 적어도 지금까지는 엘리메이가 세 사람보다 일을 적게 했으니까. 하지만 펠릭스는 그게 말처럼 쉬운 게 아니라는 생각이 들었다. 누가 가장 많이 일했는지를 따져서 몫을 나누기 시작한다면 서로 합의를 이끌어내지 못하고 결국 논쟁에 휘말려버릴 수도 있다. 펠릭스는 그런 다툼을 피하려면 모두가 똑같이 돈을 받는 게 가장 좋은 방법이라는 결론을 내렸다.

"난 엘리메이도 우리랑 똑같은 몫을 받아야 한다고 생각해. 똑같이 나누는 게 가장 간단한 방법이야."

"나도 똑같이 나누는 거에 찬성." 모가 동의했다.

"나도." 네드도 찬성했다. "다 같이 나눠 가져도 충분하겠어."

"좋아. 그럼 그렇게 결정하는 거다?"

이것은 세 사람 모두에게 절대 후회할 일 없는 결정이었다.

만약 엘리메이가 없었다면 그 이후에 벌어진 일들을 해결하지 못했을 테니까.

8
판매량 증가

지난 몇 개월 동안 일어난 일은 마치 꿈만 같았다.

펠릭스는 학교에서 돌아와 이메일을 확인하고, 주문이 들어왔으면 안전 봉투에 주소를 적은 뒤 상품을 포장했다. 그리고 다음 날 아침 등굣길에 그것을 발송했다. 주말에는 필요한 문구류를 사서 비축해뒀다. 그리고 집에 혼자 있을 기회가 생길 때마다 필요한 카드를 프린트했다.

물건 값은 속속 도착했다. 펠릭스가 학교에서 돌아올 때면 거의 매일 갈색 봉투가 하나씩(혹은 두세 개씩) 발매트 위에 놓여 있었다. 펠릭스는 봉투를 집어 들고 방으로 올라가 신발 상자에 만 원짜리 지폐들을 넣었다. 3월 한 달 동안 평균적으로 일주일에 약 열두 세트를 팔았고, 5월이 되자 일주일에 거의 스무 세트를 팔게 되었다.

엘리메이는 일주일에 한 번, 하굣길에 펠릭스네 집에 들러 영수증을 정리하고 돈을 세서 회계 장부에 빠짐없이 기록했다. 그리고 2, 3주에 한 번씩 네 명의 친구는 펠릭스의 방에 모여 앉아 모임을 가졌다. 엘리메이는 그간의 이윤이 얼마인지를 소리 내어 읽은 다음, 진지하게 지폐 묶음(보통 5만 원에서 10만 원 사이였다)을 나눠줬다.

네드는 펠릭스가 마치 돈을 찍어 내는 마법의 기계를 발명한 것 같다고 말했다. 돈을 벌기 위해 딱히 하는 일은 아무것도 없는 것 같았다. 광고도 하지 않았고, 밖에 나가 물건을 팔지도 않았다. 그런데도… 주문이 계속 들어왔다. 그리고 갈색 봉투가 현관 발매트 위로 계속 도착했다. 다음번 돈을 나눠 갖는 날까지 신발 상자에는 돈이 계속 쌓여갔다. 이건 정말이지… 마법 같았다.

펠릭스는 과연 이런 상태가 얼마나 갈지 궁금했다. 날마다 학교에서 집으로 돌아올 때면, 당장 오늘부터 더 이상 주문이 들어오지 않고 발매트 위 갈색 봉투도 볼 수 없을지 모른다는 생각이 들었다. 이 모든 상황이 이유 없이 갑작스럽게 끝나버릴 수 있다는 생각이 들었다. 이 사업이 시작될 때 그랬듯이.

하지만 상황은 펠릭스의 예상과 너무나도 다르게 흘러갔다.

웹사이트를 막 시작했던 2월부터, 펠릭스는 모한테 새로운 카드 세트를 만들어볼 것을 제안했다. 펠릭스는 카드마트가 잘 되려면 매달 새로운 카드 세트를 출시해야 한다고 생각했다. 하지만 모는 5월이 되어서야 몬머스 초등학교 5F반 그림 제2탄을 완성했다.

오랫동안 기다린 보람이 있었다. 이번 테마는 학교 현장학습(동물원, 박물관, 성, 과학 단지 같은 곳)이었다. 이번에도 1탄과 같은 인물들이 등장했다. 사고뭉치 딜런은 전구의 역사 전시관에서 스스로 감전 체험을 했다. 예쁜 사마르 뒤에는 이번에도 남자애들이 무리 지어 따라다녔다. 배리가 기대감에 찬 눈빛으로 독사 굴을 들여다보는 모습도 볼 수 있었다.

"모, 이거 정말 좋은데?" 펠릭스는 카드들을 살펴보며 중얼거렸다. "최고야!"

모가 그린 새로운 카드 세트는 네드가 주말에 웹사이트에 올렸다. 펠릭스는 첫 번째 세트를 구매한 모든 고객에게 이메일을 보내 새 카드가 출시되었음을 알렸다. 그리고 그 결과는 매우 만족스러웠다.

지금까지 펠릭스가 하루에 가장 많이 받은 주문은 여섯 건이었다. 하지만 새 카드가 출시된 이후 맞은 첫 월요일, 펠릭스의 메일함 안에는 자그마치 마흔일곱 건의 주문이 도착해 있었다.

보통 하루에 두세 세트를 보내다가 갑자기 마흔일곱 세트를 포장하려니 주소를 쓰고 부치는 일이 쉽지 않았지만 펠릭스는 성공적으로 상품을 보냈다. 다행히 지난 주말에 평소보다 많은 카드(대부분 새로 출시된 카드였다)를 프린트해둔 데다 미리 사놓은 봉투와 우표도 충분히 있었다. 물론 그렇다고 해도, 전에 없이 많은 안전 봉투에 상품을 포장하고 주소를 쓰려니 시간이 오래 걸렸다. 결국 절반 정도는 다음 날 학교에서 시간이 날 때 모의 도움을 받아 겨우 마무리할 수 있었다.

다음 날인 화요일, 힘겹게 상품을 부치고 집으로 돌아온 펠릭스를 기다리는 건 무려 예순세 건의 새 주문이었다.

당장 그 주문을 처리할 수는 없었다. 여행 가방 안에 남은 카드는 세 세트뿐이었다. 그래서 펠릭스는 방으로 올라가지도 않고 곧바로 가게로 가서 최대한 많은 카드 용지와 봉투를 샀다. 그날 저녁, 펠릭스는 입맛이 없다고 연신 중얼거리며 저녁을 거의 먹지 않고 일찍 잠자리에 들었다. 그리고 다음 날 아침, 가족들한테 몸이 좋지 않다고 알렸다.

"어젯밤부터 어디가 아픈 게 아닌가 했어." 엄마가 말했다. "오늘은 학교 가지 말고 쉬어야겠다."

펠릭스는 그러는 게 좋겠다고 했다.

"엄마도 회사에 못 간다고 전화해야겠다. 사정을 얘기하고 집에 있으면서 네 상태를 좀 지켜봐야겠어."

"그렇게 심한 것 같진 않아요. 그냥 좀 컨디션이 좋지 않을 뿐이에요. 버튼 할머니도 언제든 도와주실 수 있으니 괜찮아요."

옆집에 사는 버튼 할머니는 모와 펠릭스가 아플 때마다 여러 가지로 도움을 주는 분이었다. 부모님이 집을 비웠을 때 집에 들러 아이들이 괜찮은지 살펴봐줬고, 무슨 일이 생길 때를 대비해 연락할 수 있는 비상 전화번호도 갖고 있었다.

결국 엄마는 출근했고, 펠릭스는 집에 있으면서 카드를 프린트해 포장한 뒤 전날 주문한 사람들의 주소를 봉투에 적었다. 그런데 그날도 서른아홉 건의 주문이 들어왔다. 결국 펠릭스는 타이임 시간까지 100장이 넘는 카드를 프린트하고 포장했다. 엄마가 퇴근해 펠릭스를 살펴보러 방에 들어왔을 때, 펠릭스는 침대에 누워 곯아떨어진 상태였다. 어찌 보면 당연한 일이었다.

"어디가 아픈 건지 모르겠지만 너무 지쳐 보여." 엄마는 집에 돌아온 아빠한테 이렇게 말했다. "내일도 집에서 쉬라고 해야겠어."

목요일, 학교 수업을 마친 모가 펠릭스가 부탁한 카드 용지와 봉투를 갖고 찾아왔다. 모는 전날에도 펠릭스 대신 상품을 부쳐 줬는데, 그날도 이미 쉰세 건의 주문이 들어와 있었다.

"계속 이렇게 주문 들어오면 어떻게 할 거야?" 모가 물었다.

"나도 모르겠어."

"그렇다고 계속 학교에 결석할 순 없잖아. 안 그래?"

"맞아."

모는 펠릭스가 프린트할 카드 용지 한 묶음을 프린터에 집어넣는 걸 지켜봤다.

"이제 부모님께 말씀드려야 할 때가 된 거 같지 않아? 내 생각엔, 부모님이 화를 내거나 하시진 않을 것 같아. 네가 돈을 벌고 있으니까. 그것도 아주 많이."

"알아." 펠릭스도 그 말에 동의했다. "하지만 아직은 말하고 싶지 않아."

펠릭스는 모의 말이 옳다는 걸 누구보다 잘 알았다. 그리고 부모님께 말씀드리면 모든 일이 훨씬 수월해질 거라는 사실도 잘 알았다. 하지만 될 수 있으면 부모님께 카드마트 이야기는 하고 싶지 않았다. 카드마트는 펠릭스의 사업이었다. 그리고 이 문제에 서만큼은 부모님, 아니 그 누구에게서도 이래라저래라 하는 말을 듣고 싶지 않았다. 예를 들면 시간을 너무 많이 빼앗긴다는 둥… 아무튼 그 어떤 말도 듣고 싶지 않았다. 펠릭스는 카드마트 이야기를 비밀에 부쳐야 이 마법이 깨지지 않을 것 같았다.

"다음 주면 중간 방학이잖아. 그러니까 괜찮을 거야."

학교는 중간 방학을 하지만 부모님은 계속 직장에 나가니 펠릭스가 집에 혼자 머무는 시간이 많아진다. 방학 때는 학교 도서관 사서로 일하는 모의 엄마가 펠릭스를 돌봐주셨다. 이는 펠릭스 부모님과 모 엄마 사이에서 오랫동안 유지되어온 일종의 약속 같은 것이었다. 그래서 전에는 방학 때면 보통 펠릭스가 모네 집에서 하루를 보내고 돌아오곤 했다. 하지만 이젠 둘 다 많이 컸으므로 모 엄마는 둘 중 누구 집에서 시간을 보내든 별로 상관하지 않았다. 모와 펠릭스는 그때그때 필요에 따라 양쪽 집을 오가며 함께 방학을 보냈다.

"사실 이런 상태가 오래갈지 어떨지 잘 모르겠어. 아마 금방 예전 상태로 돌아가겠지."

하지만 펠릭스의 말은 틀렸다.

금요일에는 62건의 주문이 들어왔다. 즉, 지난 5일간 전부 264

건의 주문이 들어온 셈이었다. 그다음 주에는 이메일 주문이 하루에 50건을 넘지 않은 날이 없었다. 특히 월요일(여러모로 일주일 중 가장 바쁜 날)에는 무려 103건의 주문이 들어왔다.

사실 평소 같으면 중간 방학에 이 정도 주문을 처리하기는 별로 어렵지 않았을 것이다. 하지만 펠릭스의 계획을 위기에 빠트린 문제가 하나 생겼다. 펠릭스가 집에 온전히 혼자 있을 수 없게 된 것이다. 그건 바로 형 때문이었다.

펠릭스보다 여섯 살 위인 윌리엄은 갑작스레 일자리(윌리엄은 찻잎을 상자에 담아 포장하는 일을 했다)를 잃고 말았다. 일하던 공장이 문을 닫은 것이다. 형이 그 일을 특별히 좋아한 건 아니지만, 학교를 졸업하고 나서 형은 일자리를 찾기가 쉽지 않다는 사실을 뼈저리게 느끼고 있었다. 사실 형은 그 공장에 취직하기 전에도 수개월 동안 백수로 지내야 했다. 그러니 또다시 새 일자리를 찾아다녀야 한다는 사실에 우울할 수밖에 없었다.

하지만 막상 겪어보니 형이 집에 있다는 사실이 펠릭스가 걱정한 것만큼 그렇게 불편하지는 않았다. 형은 자기한테 닥친 걱정거리 때문에 어린 동생이 하는 일 따위엔 별 관심을 보이지 않았다. 주로 자기 방에 틀어박혀 있거나 부엌에서 요리를 했다.

그렇다고 해서 펠릭스가 편히 일할 수 있는 건 아니었다. 주문량이 많아지자 해야 할 일도 정말 많아졌다. 수천 장의 카드는 물론, 봉투가 든 상자 그리고 비닐 봉투 같은 것을 모두 방에 숨겨놓기도 쉽지 않았다. 가장 어려운 것은 날마다 도착하는 수십

개의 갈색 봉투를 아무도 모르게 챙기는 일이었다.

모든 일이 점점 감당하기 어려운 지경까지 이르고 말았다. 이제 펠릭스도 전에 모가 했던 말이 맞는다고 생각하기 시작했다. 중간 방학 기간의 금요일, 펠릭스는 결국 부모님께 말씀드리기로 결심했다. 그럴 수밖에 없는 일이 두 가지나 더 생겼기 때문이다.

9
위기

금요일에 생긴 첫 번째 문제는 펠릭스가 모와 함께 안전 봉투를 사러 동네 가게에 갔을 때 일어났다. 안전 봉투가 모두 팔리고 없다는 것이었다.

"최근에 그 크기의 봉투가 갑자기 많이 팔렸거든." 펠릭스가 진열대에 찾는 봉투가 없다고 말하자, 계산대에 있는 직원이 이렇게 말했다. "너무 잘 팔리는 바람에 벌써 다 떨어져버렸단다."

"다시 들어오긴 하나요?"

"그럼! 다음 주 중반쯤이면 들어올 거야."

다음 주 중반이면 너무 늦다. 펠릭스는 웹사이트에 평일 기준으로 이틀 내에 받아 볼 수 있다는 약속을 올려둔 상태였다. 그러려면 오늘, 아니면 적어도 내일까지는 봉투를 구해야 한다. 앤서니 콜먼의 책에서도 좋은 사업가가 되려면 언제나 고객과 약속한 기한을 잘 지켜야 한다고 여러 번 강조했다.

펠릭스와 모는 동네에 있는 문구점 두 곳을 더 가봤지만, 두 군데 다 펠릭스가 사용하는 크기의 안전 봉투는 팔지 않았다. 집을 향해 걸으면서 둘은 이제 어떻게 해야 할지 생각했다. 일반 봉투에 카드를 넣어 보내면 자칫 카드가 손상될 수도 있다. 좀 멀긴 해도 사우샘프턴 시내로 나가서 안전 봉투를 찾아보는 게 좋을 것 같았다. 사우샘프턴에는 펠릭스한테 필요한 봉투를 팔 만한 곳이 여러 군데 있었다.

"너희 엄마한테 좀 데려다달라고 부탁해볼 수 있어?"

"사우샘프턴에?" 모가 되물었다. "물론이지. 하지만 왜 가냐고 물어보실걸."

"옷이나 뭐 그런 걸 사고 싶다고 말해보면 어때?"

"얘기해볼 순 있어. 하지만 사우샘프턴에서 네가 안전 봉투 천 장이 담긴 상자를 들고 나타나면 엄마는 분명 너한테 그걸 왜 샀냐고 물으실 거야. 그렇지 않겠어? 그럼 넌 뭐라고 할 건데?"

집에 돌아온 펠릭스는 계속 방법을 생각해내려 애썼다. 프린터 옆에 선 채로(카드를 조금이라도 더 프린트해둘 생각이었다) 이런저런 생각에 잠겼다. 택시를 불러서 가볼까? 그러면….

"그거 고장 났어."

펠릭스가 몸을 돌려 보니 윌리엄 형이 문 앞에 서 있었다.

"뭐가?"

"프린터 말이야. 고장 났어. 아까 입사 지원서 뽑으려고 켰는데 작동이 안 되더라."

펠릭스는 프린터 전원을 켰다 껐다 해봤다. 형의 말대로였다. 작동 표시등이 켜지지 않았다. 기계 돌아가는 소리 같은 것도 들리지 않았다. 전혀. 펠릭스는 플러그가 빠져 있는 건 아닌지 살펴봤다.

"나도 할 수 있는 건 다 확인해봤어. 고장 난 게 맞아." 그렇게 말하는 형의 손에는 갈색 봉투가 잔뜩 들려 있었다. "좀 전에 우체부 아저씨가 다녀갔는데 너한테 편지가 마흔일곱 통이나 왔어. 대체 이게 다 뭐야?"

"아, 아무것도 아냐." 펠릭스는 형이 건넨 갈색 봉투들을 받아 들고 위층으로 올라가며 말했다. "학교에서 하는 프로젝트 수업 때문에 그래."

자기 방으로 들어간 펠릭스는 바닥에 주저앉아 맞은편 벽을 멍하니 바라봤다. 프린터가 없으면 정말 큰일이다. 물론 새 프린터를 살 돈은 충분히 있다. 하지만 프린터를 사더라도 가족이 눈치채지 않게 집 안으로 갖고 들어올 수는 없다. 새 프린터가 등장하면 펠릭스한테 질문들이 쏟아질 것이다. 무슨 돈으로 그걸 샀냐, 왜 샀냐….

안타깝지만, 다른 방법이 없었다.

부모님께 얘기해야 했다.

펠릭스는 부모님이 집에 오실 때까지 기다렸다. 다섯 시가 조금 지나서 부모님이 도착하자, 펠릭스는 긴히 드릴 말씀이 있다고 했다.

"우선 좀 씻고 와도 되겠니?" 아빠가 말했다. "아빠는 온종일 나무뿌리랑 씨름하다 왔고, 엄마는 심장병 있는 래브라도를 수술하느라 힘들었거든."

"그럼요. 별로 긴 얘기는 아니에요."

펠릭스는 부모님을 식당으로 안내했다. 식당 테이블 위에는 펠릭스가 미리 침대 밑에서 꺼내 온 신발 상자가 놓여 있었다. 펠릭스는 테이블 앞에 앉아 부모님이 앉기를 기다렸다.

"실은… 지난 1월부터…."

"무슨 말 하려는지 알겠다!" 엄마가 말을 끊었다. "너 또 사업 시작한 거지?"

"네, 맞아요. 1월부터…."

"그래!" 아빠가 양손을 들어 항복한다는 듯한 몸짓을 했다. "이번엔 또 무슨 사업을 하고 있니?"

"그러니까… 1월부터…."

"제발 사람들한테 돈 빌렸다는 말은 하지 마!" 엄마가 또 말을 끊었다. "지금 그런 말을 듣는다면 난 정말 감당할 수 없을 것 같구나."

"누구한테도 돈은 빌리지 않았어요! 오히려 돈을 벌었다고요."

"돈을 벌어?" 아빠가 의심스러운 눈초리로 펠릭스를 봤다. "정말이니?"

"정말이에요."

펠릭스는 신발 상자를 열고 엘리메이가 정리해놓은 회계 장부를 꺼내 부모님 앞에 펼쳐 보였다.

"직접 보세요. 여기에 다 기록돼 있어요. 그런데 문제는 오늘도 이렇게 많은 주문이 들어왔는데 아무에게도 카드를 못 보내고 있다는 거예요. 왜냐면 동네 문구점에 필요한 봉투가 다 팔리고 없거든요. 게다가 오늘 집에 와보니 프린터도 고장이 나서…."

펠릭스는 말을 멈췄다. 엄마와 아빠 모두 펠릭스의 말을 듣고 있지 않았다. 회계 장부도 보고 있지 않았다. 엄마와 아빠가 입을 벌린 채 뚫어지게 보고 있는 건 바로 만 원 지폐가 넘칠 정도로 가득 차 있는 신발 상자였다.

"이 돈이 다 어디서 난 거니?" 아빠가 물었다.

"이 돈은 모두 제가 새로 시작한 사업으로 번 거예요. 우린 여기 있는 카드를 팔아서…."

"대체 전부 얼마를 번 거니?" 지폐를 한 움큼 집어 올리던 엄마가… 상자 안에 더 많은 지폐가 있는 걸 발견했다. 거기에는 지난번 엘리메이가 왔을 때 10만 원씩 말아서 묶어놓은 돈뭉치들도 있었다.

"저도 정확히는 모르겠어요. 400만 원이 조금 넘을 것 같아요. 그런데 저는 지금…."

"400만 원이라고?" 아빠가 펠릭스를 보며 물었다. "너 지금… 400만 원을 벌었다고 한 거니?"

"아마도요… 이 회계 장부를 보시면 400만 원이 조금 넘는 걸로 적혀 있어요. 하지만 우리가 매달 얼마씩 돈을 나눠 갖고 있으니까…."

펠릭스는 또 말을 멈췄다. 엄마와 아빠는 여전히 펠릭스의 말을 듣지 않고 있었다. 아빠가 만 원짜리 지폐 하나를 집어 들더니 자세히 들여다보기 시작했다. 그게 진짜 돈이라는 게 믿기지 않는 눈치였다.

먼저 정신을 차린 쪽은 엄마였다.

"그래서 대체 언제 얘기할 생각이었니?"

"사실, 아직 얘기할 생각은 없었어요. 그런데 얘기할 수밖에 없는 일이 생겼어요. 엄마, 아빠의 도움이 필요해요."

그날 저녁 식사는 조금 늦게 시작되었다.

펠릭스는 부모님께 지금까지 있었던 일을 모두 설명해야 했다. 모가 자기가 그린 카드를 엄마 생일에 프린트할 수 있게 허락해 주면서 시작되었다는 이야기에서부터 카드를 팔게 된 계기, 모와 합의한 내용, 네드가 웹사이트를 만들어준 것(이 이야기를 하면서 세 사람은 가족 공용 컴퓨터로 가서 웹사이트를 확인했다), 그리고 마지막으로 엘리메이가 회계 업무를 위해 합류하게 된 것까지 모두 이야기했다.

부모님은 펠릭스가 어떤 불법 행위도(이를테면 돈을 훔쳤다거나) 하지 않았다는 걸 확인하고서야 마음을 놓았다. 여전히 놀란 마음은 가라앉지 않은 듯했지만, 어딘가 무척 즐거워 보였다. 부모님은 식당 테이블에 앉아 엘리메이가 정리한 회계 장부를 찬찬히 살펴봤다. 지금 이 상황이 믿기지 않아서인지 회계 장부를 든 엄마의 손이 조금 떨리고 있었다.

엄마가 장부에 적힌 숫자들을 손가락으로 짚어 내려가며 말했다. "내가 한 달 동안 번 돈보다 네가 지난주에 번 돈이 더 많다는 거 알고 있니?"

"그 돈이 다 이윤은 아니에요. 우표랑 봉투도 사야 하고, 또 살 게 많으니까요. 그리고 그 돈은 친구들하고 똑같이 나눠 가져야 해요."

"솔직히 말하면 아빠와 내가 번 돈을 합친 것보다도 더 많이 번 것 같구나." 엄마가 아빠를 보고 미소 지었다. "이제 그만 은퇴하고 펠릭스한테 얹혀살아야겠어."

펠릭스는 엄마가 웃는 게 좋았다. 하지만 지금 펠릭스한테 정말 필요한 건 안전 봉투와 새 프린터였다.

"오늘도 카드 주문이 많이 들어왔어요. 그런데 문제는, 만약 내일 누가 저를 사우샘프턴에 데려가주지 않으면 아무것도 할 수가 없다는 거예요. 사우샘프턴에 가야 필요한 봉투랑 새 프린터를 살 수 있으니까요."

"그래, 얼마든지 데려다줄 수 있어. 그건 어려울 것 없지…." 아빠가 생각에 잠긴 듯 이마를 찡그렸다. "하지만 그것만 가지곤 부족할 것 같구나."

"아니에요. 그것만 해주시면 돼요. 필요한 물품만 사면 주문받은 카드를 포장해서 보낼 수 있어요."

"그게 말이다… 아무래도 그렇게 간단한 일이 아닌 것 같다. 봐봐, 이건 단순히 용돈 버는 수준이 아니야." 아빠가 손을 뻗어 상자 안에 있는 지폐를 한 뭉치 집어 들었다. "지금 네가 하는 건… 사업이야. 그리고 사업을 하려면 꼭 해야 하는 일들이 있단다. 신고할 것도 있고."

"그런 게 있어요? 누구한테 신고해요?"

"그게 문제야. 아빠는 그걸 잘 모르거든. 사업가가 아니니까. 사업하는 사람을 만나서 조언을 구해보면 좋겠는데 말이야."

"저는 아는 사람이 없어요."

"그렇겠지. 하지만 아빠는 아는 사람이 있어."

"세상에!" 엄마가 아빠를 빤히 쳐다봤다. "당신이 누굴 말하는지 알겠어. 하지만 정말 그게 가능할 거라고 생각해?"

"그래도 얘기는 해봐야지." 아빠가 지폐 뭉치를 조심스레 상자 안에 넣었다. "그럼, 당연히 해봐야지."

10
사업 컨설턴트

펠릭스는 루퍼스 삼촌에 대해 알고 있었지만(거실 벽난로 위에 아빠와 루퍼스 삼촌의 사진이 있었다. 둘 다 지금보다 훨씬 젊었을 때 찍은 것이었다) 실제로 만난 적은 없었다. 펠릭스는 지금껏 삼촌이 너무 먼 곳에 살아서 만나본 적이 없는 거라고 짐작하고 있었다. 그런데 알고 보니, 지구 반대편에 사는 줄 알았던 삼촌은 고작 12킬로미터 떨어진 마을에 살고 있었다. 이 사실을 알고 펠릭스는 충격을 받았다.

"넌 어렸을 적 루퍼스와 많이 닮았단다." 다음 날 아침, 삼촌 집으로 차를 몰면서 아빠가 말했다. "루퍼스는 언제나 돈 벌 계획을 세우곤 했지. 사업 아이디어 말이야. 루퍼스는 열다섯 살에 학교를 그만뒀어. 그러더니 스펀지와 양동이 두 개를 사서는 집집마다 쓰레기통을 닦아주러 다니기 시작했어. 우린 모두 루퍼스가 제정신이 아니라고 생각했지. 그 애가 그 일로 얼마를 벌었는지 알기 전까지는 말이야. 얼마 후, 루퍼스는 쓰레기통 청소를 다른 사람한테 맡기더니 티셔츠 가게를 차렸어. 그다음엔 비디오 대여점, 그다음엔 부동산… 지금은 뭘 하고 있는지 잘 모르겠구나. 아주 많은 사업을 했거든."

펠릭스는 삼촌이 요즘 하고 있는 사업이 무엇이든, 잘되고 있는 게 분명하다고 생각했다. 루퍼스 삼촌의 집은 펠릭스가 지금껏 본 집 중 가장 컸기 때문이다. 펠릭스와 아빠가 탄 차는 전동문을 두 개나 통과한 뒤, 나무가 늘어선 진입로를 따라 안으로 들어갔다. 수천 평은 되어 보이는 잔디밭 위에 거대한 건물이 서 있었고, 경사진 잔디밭은 아래쪽 호수와 맞닿아 있었다.

아빠가 현관으로 올라가는 계단 앞에 차를 세웠다. 하지만 차에서 내릴 생각은 없어 보였다. 대신, 넋 나간 표정으로 건물을 바라보고 있는 펠릭스한테 이렇게 말했다.

"혹시 삼촌이 왜 자기를 만나려 했냐고 묻더라도, 아빠가 권했다는 말은 안 하는 게 좋겠다."

"말하지 말라고요?"

"그래. 그냥 네가… 삼촌의 조언을 듣고 싶었다고 해. 사업할 때 꼭 해야 할 일이 뭔지 알고 싶다고."

"알겠어요."

현관문이 열리고 루퍼스 삼촌의 모습이 보였다. 삼촌은 좀 더 둥글게 생긴 아빠 같았다. 안경을 썼고 머리숱이 적어졌지만, 펠릭스는 그 사람이 벽난로 위에 있는 사진 속 삼촌이라는 걸 바로 알아볼 수 있었다.

펠릭스와 아빠가 차에서 내리는 동안, 삼촌은 아무 말 없이 문 앞에서 기다렸다.

"펠릭스와 만나줘서 고마워, 루퍼스."

아빠가 먼저 인사했지만 삼촌은 아무런 대답 없이 펠릭스를 바라보기만 했다.

조금 어색한 침묵이 흘렀다. 펠릭스는 이곳에 오기 전, 예상한 장면이 있었다. 아빠가 삼촌한테 다가가 포옹이나 악수 같은 걸 하는…. 하지만 아빠는 삼촌한테 포옹도, 악수도, 그 어떤 것도 하지 않았다.

"언제 데리러 올까?" 아빠가 물었다.

삼촌이 시계를 흘긋 보고 나서 대답했다. "한 시간 뒤. 그때까지 얘기를 마쳐야 할 것 같아." 그러고는 펠릭스를 바라봤다. "그 카드는 가지고 왔니?"

펠릭스는 삼촌이 펠릭스가 파는 카드와 회계 장부를 보고 싶어 한다는 얘기를 전해 들었다. 그래서 두 가지 모두 가지고 왔다.

"잘했다." 삼촌이 집을 향해 돌아서면서 따라오라는 몸짓을 했다. "들어가자."

아빠는 다시 차에 탔고, 펠릭스는 삼촌을 따라 들어갔다. 삼촌은 펠릭스를 데리고 커다란 벽난로와 큰 소파 두 개가 놓인 현관 로비를 지나 테니스장만 한 거실을 통과한 다음, 24인용 테이블과 의자가 놓인 식당을 지나쳐 갔다. 삼촌은 계속해서 성큼성큼

복도를 따라 걸어갔고, 마침내 펠릭스네 집에 있는 모든 방을 합한 것보다도 더 큰 식당에 도착했다.

식당에는 짧은 금발에 짧은 치마를 입은 여자가 식기세척기에 그릇을 넣고 있었다. 그 여자가 펠릭스를 보더니 고개를 살짝 숙이며 미소를 지었다. 하지만 삼촌은 여자를 본체만체하고는 곧바로 식당을 통과해 테라스로 나갔다. 그리고 테이블 주위에 놓인 대형 등나무 의자 하나에 앉더니 펠릭스한테 맞은편에 앉으라는 시늉을 했다.

여전히 아무 말이 없는 삼촌이 펠릭스가 가져온 상자를 열어 그 안에 든 카드를 자세히 살펴봤다. 그런 다음, 회계 장부를 펼쳤다. 회계 장부 페이지를 넘길 때마다 삼촌의 시선은 거기에 있는 숫자들을 빠르게 훑어 내려갔다. 드디어 삼촌이 의자에 등을 기대고 펠릭스를 봤다. 그리고 처음으로 입가에 엷은 미소를 지었다.

"인상적이구나. 어떻게 시작하게 된 거니?"

펠릭스는 순간 자기가 카드를 팔게 된 이야기를 불과 이틀 만에 두 번이나 하고 있음을 깨달았다. 어쨌든 학교 앞에서 카드를 산 사람들의 이야기, 네드를 설득해서 웹사이트를 만든 이야기, 엘리메이한테 회계 업무를 부탁한 이야기, 마지막으로 2주 전부터 갑자기 주문량이 폭증한 이야기를 삼촌한테 들려줬다. 삼촌은 중간중간 짧은 질문만 할 뿐, 펠릭스의 말을 계속 집중해서 들어 줬다.

"내가 정말 마음에 든 점이 뭔지 아니?" 삼촌이 카드 하나를 집어 들더니 그걸 들여다보며 말을 이었다. "네 사업의 홍보 방식이란다. 사람들한테 카드를 알리느라 굳이 애쓸 필요가 없잖아. 그렇지? 왜냐면 카드를 산 고객들이 알아서 홍보해주니까. 사람들이 네 카드를 사서 다른 사람들한테 보낼 때마다 카드를 여기저기 알리는 거나 다름없어. 네가 손가락 하나 까딱 안 해도 전국 방방곡곡으로 홍보가 되는 거지!"

펠릭스는 그런 생각은 해본 적이 없었다. 이제야 여기저기서 주문이 들어오는 이유를 이해할 수 있었다.

"그리고 친구들한테 도움을 요청한 것도 참 잘한 일이라고 생각해. 사업의 가장 기본적인 원칙 중 하나가 바로 그거란다. 어떻게 해야 할지 모르겠다면 그것에 대해 잘 아는 사람을 찾아가라."

삼촌이 잠시 말을 멈추고 펠릭스를 바라봤다.

"정말 이 모든 걸 다 네가 한 거니? 부모님은 아무것도 몰랐고?"

"어제 제가 말씀드리기 전까지는 아무것도 모르셨어요. 그리고 사실 말씀드릴 생각은 없었어요. 그런데 포장용 봉투가 바닥나고 프린터까지 고장 나는 바람에 어쩔 수 없었어요."

삼촌의 얼굴에 미소가 번졌다. "그것도 마음에 든다!" 그러고는 회계 장부를 가리켰다. "지금도 아주 잘하고 있는 것 같은데, 나한테 뭘 물어보고 싶은 거니?"

"음… 아빠가 삼촌은 사업에 대해 모르는 게 없대요. 삼촌이라면 사업할 때 꼭 해야 하는 일이 뭔지, 신고할 게 뭔지, 제가 지금 잘못하고 있는 건 없는지 얘기해줄 수 있을 거라고 하셨어요."

삼촌이 잠시 생각에 잠겼다가 대답했다.

"두 가지야. 네가 해야 할 일은 두 가지 있단다. 새 프린터와 봉투를 사는 것과는 별개로 말이다. 그 두 가지는 네가 스스로 해결할 수 있을 것 같구나."

그러고는 몸을 앞으로 기울였다.

"첫째, 카드를 프린트하고 발송하는 시스템을 바꾸는 게 좋겠다. 너 혼자 하기엔 할 일이 너무 많아. 그 일을 도와줄 사람이 필요할 거야. 누가 됐든, 반드시 네가 신뢰할 수 있는 사람을 찾아야 해. 물론 일을 맡긴 후에도 넌 업무 상황을 계속 확인해야 하고. 그리고 두 번째는… 네 회사의 성격을 분명히 하는 거야. 어쩌면 이걸 먼저 해야 할지도 모르겠구나."

펠릭스는 얼굴을 찌푸렸다.

"그게 무슨 말이에요?"

"카드마트의 소유주는 누구지? 지금 말이다."

"음….."

펠릭스는 자기라고 말하려고 했다. 어쨌든 이 사업은 펠릭스의 아이디어로 시작되었고, 모든 일을 책임지고 있는 사람 또한 펠릭스이기 때문이다. 하지만 그렇게 대답하려던 순간, 엄밀히 따지면 그렇지 않다는 걸 깨달았다. 모가 카드를 디자인했고, 네드가 웹사이트를 만들었다. 엘리메이는 회계 업무를 맡고 있으며, 모두가 똑같이 수익을 나눈다.

"공동으로 소유하고 있어요. 저희 네 사람이 함께요."

"그러니까, 동업이란 말이구나." 삼촌이 고개를 끄덕였다. "좋아. 그렇다면 동업자 관계는 어떻게 맺어져 있지? 너희들 중에 더 많은 몫을 받는 사람이 있니?"

"아니요."

펠릭스는 네 사람이 몇 주에 한 번씩 모여 이윤을 똑같이 나눠 갖는다고 설명했다.

"엘리메이는 다른 세 사람보다 적게 받아야 하는 게 아닐까 하고 잠시 생각해보긴 했어요. 하지만 그러면… 일이 좀 복잡해질 것 같았어요. 그러려면 우리 중에 누가 얼마만큼 일했고 얼마나 더 중요한 일을 했는지 따져봐야 할 테니까요. 그리고… 그러다 보면 분명 어쩔 수 없이 자꾸 말다툼이 벌어질 거라고 생각했어요. 저는 친구들이랑 다투긴 싫거든요."

"이해한다. 하지만 그 방식이 공정하다는 생각은 들지 않는구나. 그러니까… 이 사업을 계획해서 추진한 사람은 펠릭스 너잖니. 네 아이디어였지. 그리고 지금 카드마트와 관련된 거의 모든 일을 네가 다 하고 있어. 그런데도 넌 다른 친구들과 똑같은 몫을 받을 뿐이야. 이게 공정한 걸까?"

"그런 것 같지는 않아요. 하지만 이제 와서 어떻게 바꿔야 할지 모르겠어요. 말씀드렸다시피, 우린 친구니까요."

"내 경험에 비춰보면 말이다. 공정하지 않은 상황은 오히려 친구를 잃는 결정적인 원인이 된단다." 삼촌이 어깨를 한 번 으쓱해 보였다. "물론 이건 네 사업이고 네가 결정할 일이야. 하지만 그래도 꼭 해야 할 일이 있어. 모든 걸 문서화하는 거야. 우선 친구들한테 연락해서 회의를 소집해야겠다. 친구들의 부모님이 함께 오셔야 해. 그리고 사업주를 누구로 할지 의논해서 모두의 동의를 얻어야 해. 만약 네가 이 회사의 소유권을 동업자들과 동등하게 나누고 싶다면 그렇게 해도 돼. 하지만 중요한 건 모두의 동의를 얻는 거란다. 빨리 회의 날짜를 정하는 게 좋겠다."

"회의를 소집해도 무슨 말을 해야 할지 잘 모르겠어요."

"사실 그렇게 어려운 일은 아니란다." 삼촌이 펠릭스를 보며 미소 지었다. "그래도 네가 잘 모르겠다면 내가 회의에 참석해서 의장 업무를 맡아주마."

"삼촌이요?"

펠릭스는 기쁜 얼굴로 삼촌을 올려다봤다.

"물론 난 공짜로 그런 일을 해주진 않아. 수수료를 받을 생각이다."

"아… 얼마나요?"

"1퍼센트." 삼촌이 단호하게 말했다. "네가 받는 이윤의 1퍼센트를 나한테 주면 돼. 회사 전체 이윤이 아니라. 대신, 나한테 수수료를 지불하면 네가 나를 컨설턴트로 고용하게 되는 거야. 그럼 내 조언이 필요할 때 언제든지 연락해 물어볼 수 있지."

그러고는 손을 내밀었다.

"동의하니?"

펠릭스는 주저하지 않았다. 자기 몫의 1퍼센트가 얼마인지 대략 짐작이 갔다. 그리고 삼촌한테 그 돈의 20배를 준다 해도 펠릭스의 입장에서는 크게 남는 장사라고 생각했다. 펠릭스는 삼촌이 내민 손을 마주 잡고 흔들었다.

"좋아요. 고맙습니다."

잠시 뒤, 펠릭스가 식당에서 만났던 금발 여인(삼촌의 여자 친구, 루드밀라였다)이 커다란 케이크와 함께 삼촌이 마실 차와 펠릭스가 마실 오렌지 음료를 가져다줬다. 케이크를 먹으면서 삼촌은 펠릭스한테 바로 오늘 오후에 회의를 소집하는 게 어떠냐고 제안했다.

"시간 끌 필요 없어. 그리고 너희 집에서 만나는 게 가장 편할 것 같구나. 집에 가면 곧바로 친구들한테 전화해서 상황을 설명해주고 너희 집으로 오라고 하렴. 음… 두 시 어떠니?"

"그런데 바빠서 못 온다는 사람이 있으면 어쩌죠?"

"분배해야 할 돈이 많다고 해. 이렇게 말하면 친구들은 반드시 올 거다."

삼촌이 수첩을 하나 꺼냈다.

"자, 내가 맡은 일을 제대로 하려면 네 친구들에 대해 좀 더 알고 있는 게 좋겠지?"

그로부터 약 15분 동안 삼촌은 모, 네드, 엘리메이에 대해 질문했다. 주로 세 사람이 이 사업을 위해 각각 무슨 일을 했으며 어떤 친구들인가 하는 내용이었는데, 친구들이 회사에 이바지하는 부분에 대해서는 좀 더 상세히 물었다.

펠릭스와 삼촌이 계속 이야기를 나누고 있는데, 루드밀라가 테라스로 나와서 펠릭스 아빠가 도착했다고 알려줬다.

삼촌을 따라 다시 현관 밖으로 나온 펠릭스는 깜짝 놀랐다. 차 옆에 엄마가 아빠와 함께 서 있었기 때문이다.

"이사회를 열기로 했어." 삼촌이 밝게 말했다. "세 명의 동업자 친구들, 그리고 가능하다면 그 애들의 부모님들과 함께 말이야. 펠릭스가 오늘 오후에 모두 형네 집으로 오라고 연락할 거야."

"좋아…." 아빠가 말했다. "어떻게 해야 하는지는 펠릭스가 알고 있는 거지?"

"사실 펠릭스가 나한테 회의를 진행해달라고 부탁했어. 형만 괜찮다면…."

"그럼, 물론이지."

"그럼 두 시에 봐."

삼촌이 이렇게 말하고 돌아서서 집으로 들어가려는데, 펠릭스 엄마가 삼촌한테 다가갔다. 그리고 말없이 두 팔로 삼촌을 안아줬다.

잠시 아무 반응도 없던 삼촌이 이내 천천히 팔을 들어 엄마의 등을 어색하게 토닥였다.

11
이사회

"제 이름은 루퍼스 파머입니다." 삼촌이 한자리에 모인 사람들을 둘러보며 입을 열었다. "잘 모르실까 봐 미리 말씀드리자면, 저는 펠릭스의 삼촌입니다. 저는 사업 경험이 제법 있어서 펠릭스와 펠릭스 부모님으로부터 이 회의의 의장직을 맡아달라는 부탁을 받았습니다."

펠릭스가 삼촌 집에 다녀온 날인 토요일 오후 두 시. 루퍼스 삼촌은 펠릭스네 집 식당 테이블 상석에 앉아 있었다. 다른 자리에는 펠릭스, 모, 네드, 엘리메이가 앉았고, 그 뒤로 벽을 따라 놓인 의자에는 어른들(펠릭스 부모님, 모 엄마, 네드의 아빠, 엘리메이의 할머니)이 앉았다. 펠릭스는 삼촌 말이 맞았음을 깨달았다. 회의 소집 문제로 친구들한테 전화해서 돈에 대해 언급하니, 불과 몇 시간 앞서 통보했는데도 모두가 회의에 참석한 것이다.

식당 안에는 묘한 기류가 흘렀다. 거기 모인 어른들은 바로 그날, 자기 아이가 뭘 하고 있었는지 알게 되었다. 그리고 더 일찍 말하지 않은 걸 혼내야 할지, 사업 성공 소식에 기뻐해야 할지, 어찌할 바를 모르고 있었다. 모두 오래전부터 펠릭스와 알고 지낸 사람들이기 때문에 펠릭스가 자기 아이를 끌어들였다는 말을 듣고 조금 불안해하고 있었다. 어찌 보면 당연한 일이었다.

삼촌이 말을 이었다. "여러분은 아이들이 올해 초에 사업을 시작해서 전혀 예상치 못한 성공을 거두고 있다는 얘기를 들으셨을 겁니다."

"그럼 그게 전부 실제로 일어난 일이라는 거예요?" 모 엄마가 물었다. "그냥 펠릭스의 생각이… 아니고요?"

"처음엔 그저 펠릭스의 생각이었지만, 지금 실제로 성공을 거두고 있습니다." 삼촌이 테이블 중간에 놓인 신발 상자를 가리켰다. "저 상자 안에 400만 원이 넘는 돈이 들어 있습니다. 그리고 저 돈을 어떻게 할 것인지도 여기서 우리가 결정해야 할 문제 중 하나입니다."

잠깐 침묵이 흘렀다.

"얼마라고요?" 네드 아빠가 물었다.

"400만 원이 조금 넘습니다." 삼촌이 다시 한 번 알려주고는 어른들을 둘러봤다. "놀라실 만합니다. 대단한 성과죠."

그러고는 테이블 위에 있는 회계 장부를 가리켰다.

"괜찮으시다면, 이 회계 장부를 작성한 엘리메이를 칭찬하는 것으로 얘기를 시작하고 싶군요. 이 회계 장부 덕분에 저는 이 회사가 정당하게 돈을 벌었고, 번 돈은 단돈 100원까지도 적절한 절차에 맞춰 사용되고 있다는 걸 자신 있게 말씀드릴 수 있습니다. 회계 장부에는 모든 내용이 빠짐없이 정리되어 있으며, 아주 깔끔하고 정확합니다. 저는 전문가가 작성한 회계 장부 중에서도 이보다 못한 것을 본 적이 있답니다."

엘리메이가 얼굴을 붉혔지만, 속으로는 기뻐하는 모습이었다.

"그리고 네드가 만든 웹사이트를 보셨는지 모르겠네요." 삼촌이 다시 어른들을 둘러봤다. "만약 아직 못 보셨다면 꼭 한 번 보시기 바랍니다. 이용하기도 편리하지만, 페이지 구성도 아주 재미있습니다. 로딩도 빠르죠. 이 사업이 이렇게 잘된 데에는 웹사이트의 역할이 매우 크다고 볼 수 있습니다."

네드도 뿌듯한 표정을 지었다.

"또한 여기 있는 어린 숙녀 분의 카드 디자인에 대해 말하자면…" 삼촌이 모가 앉아 있는 쪽으로 몸을 돌렸다. "더 이상 무슨 말이 필요하겠니? 모든 사업의 기본은 좋은 상품이지. 네가 그린 디자인은 재밌으면서도 재치 있고 기발해. 두말할 것 없이, 정말 최고야!"

모의 얼굴이 붉어졌다. 모 엄마가 손을 뻗어 딸의 어깨를 토닥여줬다.

"그리고 무엇보다 우리에겐 여기 펠릭스가 있습니다." 삼촌이 마지막으로 자기 조카를 가리켰다. "모가 그린 카드의 훌륭함을 알아보고 그것을 팔 수 있겠다는 아이디어를 냈습니다. 그리고 도움을 줄 친구들을 찾아냈죠." 그러고는 펠릭스의 친구들을 둘러보며 말을 이었다. "분명히 말하지만, 저한테 이런 걸 해내는 아이가 있다면 정말 자랑스러울 겁니다. 정말로요!"

펠릭스는 삼촌이 이야기하는 동안 집 안의 분위기가 달라졌음을 느낄 수 있었다. 초반의 긴장감은 사라지고 없었다. 이제 그곳에 모인 어른들 모두 미소를 지으며 삼촌의 의견에 동의하는 말을 중얼거렸다.

"하지만 문제는, 이 정도 성공을 거두었다면 회사는 좀 더 공식적인 조직의 모습을 갖춰야 한다는 겁니다. 지금까지는 몇 주에 한 번씩 펠릭스 방에 모여 앉아 이윤을 나눠 가졌다고 들었습니다. 물론 액수가 적을 땐 그럴 수 있습니다. 하지만 이제 액수가 커졌기 때문에 이에 걸맞은 적절한 동업 계약이 필요하다고 봅니다. 그러려면 우리가 어떤 식의 동업 관계를 원하는지 알아야 합니다. 그리고 그 질문에 답할 수 있는 건 여기 있는 동업자들뿐입니다. 따라서 동업자들이 모두에게 공정한 결정을 내릴 수 있도록 여기 계신 분들 모두가 지켜봐주시기 바랍니다."

삼촌이 잠시 말을 멈추고 네 명의 아이들을 차례로 한 명씩 바라봤다.

"너희들에겐 좀 복잡하게 느껴질 수도 있을 테니 도움이 될 만한 활동을 겸해보자꾸나."

삼촌이 신발 상자로 손을 뻗어 뚜껑을 열었다. 그리고 조심스럽게 만 원짜리 지폐 6장과 5천 원짜리 지폐 4장, 그리고 500원짜리 동전 40개를 꺼냈다.

"펠릭스, 너부터 시작하는 게 좋겠다." 삼촌이 테이블 위에 꺼내 놓은 돈을 조카 쪽으로 밀었다. "너한테 10만 원이 있다. 이게 네 사업으로 번 돈 전부라고 해보자. 자, 이제 너와 친구들의 몫을 나눠보렴. 어떤 식으로 나눠도 괜찮아. 이 사업은 네 아이디어로 시작했으니 네가 가장 많이 가져야 한다고 생각할 수도 있어. 카드를 디자인한 모가 가장 많이 가져야 한다고 생각할 수도 있고. 네드가 만든 웹사이트 덕분에 주문이 늘었으니 네드가 가장 많이 가져야 한다고 볼 수도 있지. 어쩌면 회계 장부를 정리한 엘리메이가 더 중요한 역할을 했다고 볼 수도 있겠고… 그냥 네가 생각하기에 가장 타당하다고 생각하는 대로 분배하면 돼."

그러고는 나머지 세 친구를 둘러봤다.

"그리고 펠릭스가 돈을 나눠보는 동안 너희들도 어떻게 나누는 게 가장 공정할지 한번 생각해보렴. 곧 너희에게도 똑같은 질문을 할 테니 말이야."

펠릭스는 오래 망설이지 않고 돈을 똑같이 넷으로 나누었다.

"모두 똑같이 2만 5천 원씩?" 삼촌이 물었다. "이렇게 지분과 수익을 나누는 게 가장 공정하다고 생각하니?"

"이게 지금까지 해온 방식이에요." 펠릭스가 대답했다. "그리고 모두가 같은 몫을 받아야 억울하다고 느끼는 사람이 생기지 않을 거예요."

"좋아." 삼촌이 다시 돈을 하나로 모으더니 이번에는 모의 자리

쪽으로 밀어줬다. "모, 넌 어떠니? 이 10만 원을 어떻게 나눠 갖는 게 좋을 것 같니?"

"음, 저는 똑같이 나눠야 한다고 생각하지 않아요." 모가 말했다. "사업을 이렇게 키운 건 바로 펠릭스예요. 일도 거의 다 펠릭스가 하고 있고요. 카드를 프린트하고 포장해서 발송하는 것도 모두 펠릭스가 했어요. 네드한테 웹사이트를 만들어달라고 부탁하고 엘리메이한테 회계를 맡긴 것도 펠릭스예요. 펠릭스가 없었다면 아무것도 이뤄지지 않았을 거예요. 그래서 저는 펠릭스가… 이 돈의 절반을 가지는 게 좋을 것 같아요." 그러고는 5만 원을 집어서 펠릭스 쪽으로 밀었다. "그런 다음 세 사람이 나머지 5만 원을 나눠 가져야 한다고 생각해요."

모가 남은 돈을 나눠주려 했지만, 곧 5만 원을 셋으로 똑같이 나누기가 쉽지 않다는 걸 깨달았다.

"그래, 무슨 말인지 알겠다…." 삼촌이 수첩에 뭔가를 적었다. "네 생각은 펠릭스한테 50퍼센트를 주고, 너희 세 사람이 나머지 50퍼센트를 나눠 가져야 한다는 거지? 좋아." 그러고는 다시 돈을 하나로 모아, 네드 쪽으로 밀었다. "네드, 이번엔 네 차례다."

네드가 고민 끝에 입을 열었다. "저도 모의 말대로 펠릭스가 가장 많이 받아야 한다고 생각해요. 일을 거의 다 펠릭스가 하고 있으니까요. 하지만 모도 펠릭스랑 비슷하게 받아야 한다고 생각해요. 이 카드를 디자인한 사람은 모니까요. 제가 만든 웹사이트가 꽤 괜찮긴 하지만 웹사이트에 넣을 내용은 모두 펠릭스가 알려줬고, 겨우 몇 주 동안 주말을 이용해 만들었을 뿐이에요. 두 친구에 비하면 저는….” 그러고는 돈을 나누기 시작했다. “제가 돈을 나눈다면 펠릭스한테 4만 원, 모한테 3만 원을 주고 저랑 엘리메이는 만 5천 원씩 나눠 갖겠어요.”

"자, 모두 흥미로운 대답이군요.” 삼촌이 네드의 제안을 수첩에 적었다. “고맙다, 네드. 이제 그 돈을 엘리메이한테 전달해주겠니?”

네드가 돈을 다시 하나로 모으려 하는데, 엘리메이가 손을 뻗더니 네드의 동작을 막았다. 그리고 그 상태에서 아무 말 없이 자기 몫에 있던 5천 원짜리 한 장을 펠릭스의 몫에 얹었다. 그런 다음 네드의 몫에 있던 5천 원짜리 한 장을 모의 몫에 올려놓고 다시 의자에 등을 기댔다.

"엘리메이, 그렇다면 넌 펠릭스가 45퍼센트, 모가 35퍼센트, 그리고 네드와 네가 10퍼센트를 받아야 한다고 생각하는구나… 맞니?”

삼촌의 질문에 엘리메이가 고개를 끄덕였다.

"그래….” 삼촌이 이번에도 수첩에 그 내용을 적고는 다시 펠릭스 쪽을 바라봤다. “다른 친구들은 모두 네가 가장 많은 몫을 받아야 한다고 생각하는 것 같구나. 넌 이 생각을 받아들일 수 있겠니?”

"네, 그럼요.” 펠릭스가 대답했다. “저는 단지 걱정이 될 뿐이에요… 혹시나 생길지도 모를….”

"무슨 말인지 안다." 삼촌이 이번에는 모를 보고 물었다. "모, 넌 어떠니? 네드와 엘리메이는 네가 좀 더 받아야 한다고 생각하는 것 같은데. 괜찮겠니?"

"받아들일게요." 모가 대답했다.

"자, 그럼 이제 우리에겐 엘리메이와 네드가 각각 10퍼센트씩 받을 것인지, 15퍼센트씩 받을 것인지 의견을 조율할 일만 남았구나. 이 문제에 대해서는 내가 개입해 의견을 절충해보는 게 좋겠다. 네드와 엘리메이한테 각각 12.5퍼센트씩 주는 건 어떨까? 그렇게 하면 10만 원의 이윤이 생겼을 때, 펠릭스는 4만 2,500원, 모는 3만 2,500원, 그리고 네드와 엘리메이는 각각 만 2,500원씩 받게 되는 거야. 어때, 네 사람한테 공정하게 분배되었다고 생각하니?"

네 명의 친구들 모두 고개를 끄덕였다.

"좋아." 삼촌이 테이블 주위에 모인 사람들을 모두 둘러봤다. "다른 분들은 어떻게 느끼셨는지 모르겠지만 저는 이 네 명의 동업자들이 각자의 기여도를 근거로 아주 합리적으로 이윤을 분배했다고 생각합니다. 이 사업은 분명 펠릭스의 아이디어에서 시작되었고, 가장 많은 업무를 수행한 것도 펠릭스이기 때문에 펠릭스가 가장 많은 몫을 받기로 했습니다. 카드를 디자인한 모는 그다음으로 많은 몫을 받습니다. 그리고 매우 중요한 컴퓨터 기술 지원과 회계 업무를 훌륭하게 수행한 네드와 엘리메이는 각각 12.5퍼센트씩 받게 됩니다."

그러고는 다시 어른들을 둘러봤다.

"여러분은 어떠신가요? 혹시 우리 아이가 부당한 처우를 받았다고 느끼거나 더 많은 몫을 받아야 한다고 생각하는 분이 계신지요?"

모두가 고개를 저으며 공정한 분배라고 생각한다고 말했다.

"그럼 이에 대한 투표를 진행할까요?" 삼촌이 펜을 집어 들었다. "여기 모인 네 사람의 동업 관계 정립에 관해 방금 말씀드린 내용에 찬성하는 분은 손을 들어주십시오."

모든 사람이 손을 들었다.

"만장일치군요!" 삼촌이 만족스러운 듯 미소를 지었다. "모두가 동의했습니다!"

그러고는 테이블 위에 있는 수첩을 집어 들었다.

"이제, 두 번째 안건입니다…."

펠릭스는 감탄의 눈빛으로 삼촌을 바라봤다. 지금 눈앞에서 벌어지고 있는 일이 믿기지 않았다. 펠릭스는 삼촌이 수익 분배에 관한 이야기를 꺼낼 줄은 전혀 몰랐다. 그리고 삼촌이 그 이야기를 꺼냈을 때도 이렇게 쉽게, 채 10분도 되지 않아서 합의를 이끌어내리라고는 예상하지 못했다. 불만을 토로하는 사람 하나 없이, 모두가 만족스러워 보였다. 그리고 펠릭스는 가장 높은 배당금을 받게 되었다.

펠릭스는 아무리 생각해도 삼촌이 어떻게 이런 일을 해내는 것인지 알 수가 없었다.

12
배당금 배분

"두 번째 안건은 저 상자에 있는 돈을 배분하는 것입니다. 엘리 메이가 훌륭하게 작성해놓은 회계 장부대로라면 상자 안에는 현재 430만 1,900원이 들어 있을 겁니다. 그리고 우리는 그 돈을 어떻게 배분할 것인지 방금 결정했습니다. 이제 우리가 해야 할 것은 이 돈을 지금 나눠 가질 것인지, 나중에 나눠 가질 것인지, 그리고 전부 나눠 가질 것인지, 일부만 나눠 가질 것인지, 또 일부만 나눠 가진다면 얼마나 나눠 가질 것인지를 결정하는 것입니다."

루퍼스 삼촌이 이렇게 말하고 펠릭스 쪽으로 몸을 돌렸다.

"이번에도 펠릭스부터 말하는 게 좋겠구나. 넌 어떻게 생각하니?"

"어느 정도는 상자 안에 남겨둬야 해요. 그래야 우표와 봉투, 카드 용지 같은 것들을 살 수 있으니까요. 아, 프린터도 고장 나서 새로 사야 해요. 프린터는 돈이 좀 많이 들 거예요."

"절반만 나눠 가지면 어떨까요?" 모가 제안했다. "나머지 절반은 예비로 남겨두고요."

"하지만 우리가 300만 원을 나눠 가져도 100만 원 넘게 예비금이 남아요." 이번에는 네드가 말했다. "그 정도면 필요한 걸 다 살 수 있지 않을까요?"

펠릭스도 그 정도면 충분할 거라는 데 동의했다. 사실 충분하고도 남았다.

루퍼스 삼촌이 엘리메이를 보며 물었다. "300만 원을 동업자 계약에 따라 나누면 얼마씩 받게 되는 거니?"

엘리메이가 머뭇거림 없이 대답했다. "네드랑 저는 37만 5천 원씩, 모는 97만 5천 원, 그리고 펠릭스는 127만 5천 원을 받게 돼요."

"그렇구나." 삼촌이 주위를 둘러봤다. "상자에 있는 돈 중 300만 원을 동업자들이 합의한 비율로 배당하겠다는 제안입니다. 찬성하시는 분?"

모인 사람들 모두가 손을 들었다.

"세상에, 일이 정말 순조롭게 진행되고 있군요!" 삼촌이 미소를 지으며 돈이 든 상자를 엘리메이 쪽으로 밀었다. "그렇다면 돈을 나눠 주는 건 우리 회계 책임자의 업무겠죠. 이제 엘리메이가 돈을 나누는 동안 우리는 세 번째 안건으로 넘어가봅시다."

그러고는 잠시 말을 멈추더니, 들고 있는 펜으로 테이블을 톡 톡 두드렸다.

"펠릭스가 말하길, 오늘 점심시간을 기준으로 카드 주문이 140세트 정도 들어와 있지만, 프린터가 고장 난 데다 단골 가게에 안전 봉투가 다 떨어지는 바람에 일을 처리하지 못하고 있다고 합니다. 카드마트 웹사이트에는 주문일로부터 24시간 이내에 카드를 발송하겠다고 약속해놓았는데 말이죠. 이 정도면 우리가 나서서 도와야 할 상황인 것 같습니다.

여기 계신 보호자분들께서 해주셔야 할 일은 오늘 안에 140세트의 카드를 준비해 한 세트씩 봉투에 넣은 다음, 받을 사람의 주소를 적고 우표를 붙여주시는 겁니다. 이렇게 발송 준비가 완료된 봉투는 이 테이블 위에 모아두면 됩니다. 자, 어떻게 하면 좀 더 빨리 일을 마칠 수 있을까요?"

그다음부터 모든 일이 일사천리로 진행되었다. 펠릭스 아빠는 몇 분 만에 새 프린터를 사러 나갔다. 루퍼스 삼촌은 집을 나서는 아빠한테 이참에 프린터를 두 개 사두는 편이 좋겠다고 말했다. 그동안 펠릭스는 사람들에게 안전 봉투에 주소를 적는 방법과 함께 그 안에 무엇을 넣어야 하는지 알려줬다. 그리고 공책에 주문 내역을 기록하는 법도 가르쳐줬다.

모 엄마는 안전 봉투 파는 곳을 찾아보러 사우샘프턴에 가보겠다고 했다. 엘리메이의 할머니는 우표 300장을 사러 근처 우체국에 갔고, 네드와 네드 아빠는 카드를 만드는 데 필요한 물품과 일반 규격 봉투를 사러 갔다(두 사람은 한 달은 족히 쓸 만큼 충분한 물품을 사서 돌아왔다). 엘리메이는 신발 상자를 가지고 테이블 앞에 앉아서 물건을 사러 나가는 사람들에게 필요한 만큼의 돈을 준 뒤, 그들이 돌아오면 영수증을 받았다. 그리고 모든 내역을 회계 장부에 기록했다. 한편, 펠릭스 엄마와 윌리엄 형은 집에 남아 있는 안전 봉투를 모두 찾아내서 물건을 챙겨 넣고 주소를 적기 시작했다.

30분 뒤 펠릭스 아빠가 새 프린터 두 대를 사서 돌아왔고, 그중 한 대를 꺼내놓았다. 이제 식당 테이블은 마치 공장 생산 라인처럼 되어 있었다. 펠릭스 아빠는 카드를 프린트했고, 모와 모 엄마는 프린트한 카드를 접은 뒤 카드 봉투와 함께 비닐 봉투에 담아 포장했다. 그리고 윌리엄 형과 펠릭스 엄마는 안전 봉투에 주소 적는 일을 했다. 엘리메이 할머니는 우표를 붙였고, 네드는 안전 봉투 안에 필요한 것이 모두 들어 있는지 확인한 뒤 봉하는 작업을 했다. 엘리메이는 주문 내역을 공책에 빠짐없이 기록했다.

이 모든 과정에서 아무 일도 맡지 않은 사람은 펠릭스와 루퍼스 삼촌뿐이었다.

"저도 뭔가 해야 하지 않을까요?" 펠릭스가 물었다. "가만히 서서 지켜만 볼 순 없어요."

"네가 할 일은," 삼촌이 대답했다. "나와 함께 정원으로 나가서 네 번째 안건을 해결하는 거란다."

루퍼스 삼촌이 제안한 네 번째 안건은 중간 방학이 끝나고 펠릭스가 학교에 다시 다닐 때도 계속 이렇게 많은 주문이 들어온다면, 그땐 어떻게 카드를 프린트하고 포장해서 보낼 것인가 하는 문제였다.

펠릭스는 지금처럼 주문이 들어온다면 하루에 적어도 네 시간 정도는 걸릴 거라고 말했다.

"그걸 네가 혼자 다 할 순 없어. 그렇지? 너를 대신해서 그 일을 대부분 처리해줄 사람을 찾아야 해."

펠릭스도 이에 동의했다. 펠릭스는 학교 친구들을 떠올려봤다. 일을 해줄 만한 사람이 몇 명 생각났지만, 다들 펠릭스 못지않게 바빴다.

"네 형은 어떠니?" 삼촌이 집 쪽을 돌아보며 물었다. 식당 테이블 앞에서 안전 봉투에 주소를 적고 있는 형이 보였다. "최근 실직했다고 들었는데, 믿음직한 타입이니?"

사실, 사람들이 윌리엄 형에 대해 이야기할 때 주로 사용하는 말이 바로 '믿음직하다'였다. 형이 받아 온 학교 성적표에도 굉장히 '믿음직하고' '신뢰할 수 있는' 학생이라는 말이 자주 적혀 있었다. '똑똑하다'거나 '영리하다'거나 '창의적'이라는 말은 없었다. 모든 선생님이 공통적으로 한 말은… 바로 형이 '믿음직한' 사람이라는 것이었다.

"형이라면 누구보다 잘할 거예요." 펠릭스는 이렇게 말하면서도 친형을, 그것도 여섯 살이나 많은 형을 고용한다는 게 조금 이상하게 느껴지긴 했다. "그런데… 형이 하려고 할지 모르겠어요."

"가서 한번 물어보는 게 어떠니?"

"그보다 먼저 삼촌한테 한 가지 여쭤봐도 돼요?"

"뭔데?"

"아까 저기서 회의할 때 말인데요. 네드랑 엘리메이가 왜 돈을 더 적게 받겠다고 했는지 모르겠어요."

삼촌이 어깨를 살짝 움츠렸다.

"그건, 어떻게 하는 게 공정하다고 생각하냔 질문에 그 친구들이 스스로 내놓은 대답이었어. 내 생각엔 네드와 엘리메이가 상황을 아주 잘 이해하고 있는 것 같은데."

"그럴지도 모르죠. 하지만 저보다 받는 돈이 훨씬 적잖아요."

"물론 그렇지. 내가 말했던 사업의 첫 번째 원칙 기억하니? 어떻게 해야 할지 모를 땐 그것에 대해 잘 아는 사람을 찾으라고 했었지? 음, 세상에는 다른 사람들에 비해 좀 더 보기 드문 능력을 가진 사람들이 있단다. 현명하게도 네드와 엘리메이는 이미 그 사실을 알고 있는 것 같더구나. 모의 역할을 할 사람, 혹은 펠릭스 너를 대신할 사람은 찾기 어렵지만, 네드와 엘리메이가 하는 일을 대신할 사람은 많다는 걸 아는 거야. 돈을 배분하는 문제에서 두 친구가 말도 안 되는 결정을 내린 건 아니란다."

삼촌이 의자에서 일어섰다.

"자, 이제 가서 네 형한테 얘기해보자."

윌리엄 형은 기꺼이 그 일을 맡겠다고 했다. 형의 관심사는 보수가 얼마인가 하는 것이었다.

펠릭스는 삼촌을 바라봤다.

"전에 공장에서 받던 만큼으로 하면 어떨까?" 삼촌이 물었다. "최저 시급보다 2천 원 더. 괜찮니?"

펠릭스는 그 보수가 어느 정도인지 짐작이 되지 않았지만, 형은 기대감에 얼굴이 확 밝아졌다.

"좋아요! 언제부터 시작해요?"

"이미 일을 시작한 것 같구나. 네가 오늘 일한 시간을 계산해두렴. 그리고 나중에 펠릭스와 얘기해서 앞으로 어떤 일을 하면 되는지 확실히 알아두도록 해."

"알겠어요."

형은 이렇게 말하고 다시 테이블로 돌아갔다. 지난 며칠간 본 모습 중 가장 즐거워 보였다.

네 시가 막 넘어선 시각이었다.

루퍼스 삼촌이 이사회를 시작한 지 겨우 두 시간이 지났을 뿐이지만, 식당 테이블 위에는 작업이 완료된 안전 봉투 140개가 쌓여 있었다. 이제 윌리엄 형이 그것들을 우체국으로 가져가기만 하면 되었다. 그뿐이 아니었다. 프린트한 카드 2천 장(디자인마다 400장씩)도 가지런히 접힌 채 한쪽에 쌓여 있었다. 앞으로 며칠간 들어올 주문에 대비해 미리 준비한 것이다. 모두가 노동의 결과물에 감탄하며 만족스러워하고 있었다.

그때, 피자가 도착했다.

피자를 주문한 건 삼촌의 아이디어였다. 물론 계산은 펠릭스가 했지만.

"이런 게 경영자가 해야 할 일이란다." 삼촌이 펠릭스한테 말했다. "사람들한테 평소와 다른 특별한 수고나 초과 근무를 요청할 때면 꼭 해야 하는 일이야. 일종의 고마움을 표현하는 방법이랄까? 그리고 이건 네가 생각하는 것보다 훨씬 중요한 일이란다."

모두 함께 정원으로 나와서 피자를 먹었다. 펠릭스 부모님이 콜라와 차를 준비했고, 사람들은 둘러앉아 즐겁게 이야기를 나눴다. 상황은 펠릭스가 상상했던 것과 전혀 다르게 전개되고 있었다. 자기 사업에 대한 권한을 잃을지도 모른다는 걱정, 즉 펠릭스 자신이 원하는 것이 아니라 남들이 시키는 것을 하게 될지도 모른다는 두려움은 이제 모두 사라졌다. 오히려 펠릭스는 전보다 더 많은 권한을 갖게 되었고, 걱정거리는 훨씬 줄었다. 게다가 다음 주문을 처리할 수 있는 시스템이 갖춰졌고, 수익 분배에 대해서도 새로운 동업자 계약이 이루어졌다. 특히 놀라운 사실은 이 모든 것이 단 두어 시간 만에, 불만을 느끼는 사람 하나 없이, 다툼이 생길 기미조차 없이 완벽하게 이루어졌다는 것이다.

펠릭스는 아직도 어떻게 이 모든 것이 이루어졌는지 알 수 없었다. 하지만 누구 덕분인지는 분명히 알았다. 펠릭스는 삼촌이 천

재라고 생각했다. 그래서 고맙다는 말을 하기 위해 삼촌이 있는 쪽으로 다가갔다.

"다 잘된 것 같구나, 그렇지?" 삼촌이 정원을 쓱 둘러보더니 펠릭스를 바라봤다. "참, 나한테도 만 2,750원 주는 거 잊지 마."

13
파트너십

월요일, 펠릭스와 모는 함께 학교로 향했다. 학교에 다다르자 교문 앞에서 네드와 엘리메이가 두 사람을 기다리고 있었다. 주말에 있었던 일을 조금이라도 빨리 이야기하고 싶은 모양이었다.

"너희 삼촌이 우리가 그동안 얼마를 벌었는지 말했을 때 우리 아빠 표정 봤어?" 네드가 신이 나서 말했다. "너희 집으로 가면서 아빠가 계속 그러셨거든. '전에 분명히 펠릭스의 터무니없는 계획에 다신 엮이지 말라고 했지?' 그런데 회의 끝나고 집으로 돌아갈 땐 정말 잘했다고 칭찬하면서 웹사이트 만들 때 필요한 게 있으면 언제든 말만 하라고 말씀하시는 거야!"

모 역시 자기 엄마도 그와 비슷한 반응을 보였다고 말했고, 엘리메이는 할머니가 친구한테 '손녀가 친구들과 함께 설립한' 회사에 대해 자랑하면서 웹사이트에 방문해 카드를 주문하라고 말하는 걸 들었다고 했다.

이야기는 쉬는 시간에도 계속되더니 점심시간까지 이어졌다. 친구들은 펠릭스의 삼촌과 삼촌 집에 대해 궁금해했고, 펠릭스한테 삼촌이 무슨 말을 했는지 듣고 싶어 했다. 그리고 이야기는 돌고 돌아 자연스럽게 각자 배당받은 돈 이야기, 그리고 그 돈으로 무엇을 할 것인가 하는 이야기로 넘어갔다.

"그거 알아? 이런 식으로만 가면 우린 1년에⋯ 몇 백만 원도 벌 수 있어."

"앞으로도 계속 이렇게 잘될 것 같아?" 엘리메이가 물었다.

"나도 모르겠어."

"잘됐으면 좋겠다." 모가 말했다. "몇 백만 원을 벌면 살 수 있는 게 훨씬 많아질 거 아냐."

모의 꿈은 번화가에 있는 상점에 들어가서 가격이 얼마인지, 그걸 살 돈이 있는지 따윈 생각하지 않고 원하는 것을 뭐든지 다 (펜, 컬러 잉크, 물감, 종이 등등) 사는 것이었다. 그리고 네드는 자기가 받은 몫으로 컴퓨터 게임 콘솔을 살 생각이었다.

모가 이번에는 엘리메이한테 묻자, 엘리메이는 돈을 모아서 첼로를 사고 싶다고 했다. 지금은 학교에서 빌린 첼로를 쓰고 있기 때문이다. 예전에 음악 선생님께 여쭤본 적이 있는데, 몇 백만 원이면 꽤 괜찮은 것을 살 수 있다고 했다.

"펠릭스, 넌?" 엘리메이가 물었다. "네 몫으로 받은 돈으로 뭘 하고 싶어?"

"잘 모르겠어. 사실 생각해본 적이 없어."

정말 그랬다. 번 돈으로 무엇을 할 것인지는 펠릭스의 관심사가 아니었다. 펠릭스가 흥미를 느끼는 것은 그저 회사를 세우고 경영하는 일뿐이었다. 돈을 번 다음에 그 돈으로 무엇을 할까 하는 문제는, 적어도 지금은 훨씬 덜 중요한 문제인 듯했다.

네 명의 친구들이 언급하지 않은 한 가지는, 그리고 펠릭스도 말을 꺼내기 힘들었던 한 가지는 바로 토요일 이사회에서 새롭게 합의한 이익 분배 방식에 관한 것이었다. 물론 루퍼스 삼촌한테 들은 이야기도 있고, 네드와 엘리메이가 자기들 몫을 훨씬 덜 받는 분배 방식을 제안한 것도 사실이지만, 펠릭스로서는 두 친구가 지금에 와서 그 결정을 후회하는 건 아닌지, 그래서 마음속으로는 다시 똑같이 분배하길 바라는 건 아닌지 궁금할 수밖에 없었다.

펠릭스는 모와 함께 집으로 걸어가면서 모의 생각을 물었다. 모는 상대방이 말로 표현하지 않아도 언제나 그 사람의 생각이나 감정을 잘 알아차렸다. 그래서 네드나 엘리메이가 새로 결정된 분배 방식에 대해 마음이 바뀌었다면 모는 그걸 알아차렸을 거라고 생각했다.

"네드랑 엘리메이의 몫은 넷이서 똑같이 나눠 가질 때보다 절반이나 줄었으니까 말이야. 너랑 난 오히려 더 많이 받게 됐지만⋯ 네드랑 엘리메이가 정말 괜찮다고 생각하는 것 같아?"

"엘리메이는 새 방식이 오히려 좋다고 했어."

"돈을 적게 받는 게 오히려 좋다고?"

모가 고개를 끄덕였다.

"전에 똑같이 나눠 가졌을 땐 공정하다는 생각이 들지 않았대. 뭔가 부당하게 돈을 받는 기분이었대. 엘리메이도 네가 혼자서 매일 몇 시간씩 일한다는 걸 잘 알아. 게다가 회사를 차린 사람도, 계획을 세워 회사를 운영한 사람도 바로 너잖아. 그런데 엘리메이는 일주일에 30분쯤 수학 계산만 해주고도 똑같은 돈을 받았어. 처음엔 엘리메이도 심각하게 생각 안 했는데, 액수가 점점 커지니까 뭔가… 이건 아니다 싶은 생각이 들었대. 그래서 루퍼스 삼촌이 어떻게 분배하는 게 공정하다고 생각하냐고 물었을 때 그렇게 대답했던 거래. 그리고 그렇게 결정하고 나니 훨씬 마음이 편해졌대."

"그럼, 네드는?"

"네드 말로는… 네드가 받은 돈이면 그걸로 네가 그 일을 해줄 만한 다른 전문가를 찾아 맡길 수도 있었을 거라고 했어. 그랬다면 자기가 받을 몫은 아예 없었을 거라고. 결국 네드도 자기 몫에 아주 만족하고 있어."

펠릭스는 모의 말에 마음이 좀 놓였다. 그리고 집에 돌아와서 식당 테이블 위에 놓여 있는 62개의 안전 봉투를 보자 또 한 번 마음이 놓였다. 봉투에는 모두 깔끔하게 주소가 적혀 있었고, 포장이 되어 우표까지 붙여진 상태였다. 그리고 주문 사항을 기록하는 공책에는 필요한 항목이 빠짐없이 적혀 있었다.

"아직 봉하진 않았어." 형이 말했다. "확인하고 싶어 할 것 같아서. 네가 괜찮다고 하면 바로 봉투를 붙여 우체국에 갈 생각이야."

"형이 알아서 잘했겠지. 마무리해도 돼, 형."

일요일에 루퍼스 삼촌이 말한 대로 형한테 앞으로 해야 할 주문 처리 과정을 알려줬는데, 이야기를 나눈 지 얼마 지나지 않았는데도 펠릭스는 형이 사람들 말처럼 정말 세심하고 믿을 만한 사람이라는 걸 알게 되었다. 업무 속도가 특별히 빠른 건 아니지만… 형이 한 일이라면 신뢰할 수 있겠다고 생각했다.

"받은 돈도 내가 정리해봤는데, 잘했는지 모르겠네."

형이 깔끔하게 입구를 개봉해서 모아놓은 갈색 봉투들을 가리켰다. 테이블 끝에는 지폐 뭉치가 놓여 있었다.

"전부 여든 개야. 공책에 모두 체크 표시를 해놨어."

"여든 개?" 펠릭스는 만 원짜리 지폐 뭉치를 집어 들었다. "난 이 돈 뭉치에서 나는 소리가 좋더라."

"맞아." 형이 봉투를 붙이느라 잠시 말을 멈췄다가 펠릭스를 바라봤다. "넌 정말 행운아야."

"하루 동안 이렇게 많은 돈을 벌어서?" 펠릭스는 손에 든 지폐 뭉치를 가만히 바라봤다. "그래, 맞아. 나도 그런 것 같아."

"돈 얘기가 아니야. 내 말은… 넌 진짜 회사를 차리고 싶어 했는데 이제 정말 네 회사가 생겼어. 진심으로 원하던 걸 하게 된 거지. 그래서 행운아라는 거야."

형과 이야기를 마친 펠릭스는 자기 방으로 가서 바닥에 앉았다. 손에는 여전히 만 원짜리 지폐 80장이 들려 있었다. 펠릭스는 형이 한 말이 다시 떠올랐다. 물론 돈이 생기는 건 좋다. 하지만 학교에서 친구들에게도 말했듯이, 딱히 사고 싶은 물건이 있어서 좋은 게 아니었다. 펠릭스는 회사를 설립했다는 사실을 실감할 때 행복을 느꼈다. 이를테면, 평범한 월요일에 학교에서 집으로 돌아와 보니, 우체부가 놓고 간 갈색 봉투 더미 속 80만 원이 자기를 기다리고 있다거나 하는 일 말이다. 이런 것이 정말로 펠릭스를 행복하게 했다.

형의 말이 맞았다. 펠릭스는 행운아였다.

"엄청난 비용을 감수하더라도 법률가에게 조언을 구하면 돈과 시간을 모두 절약할 수 있다."
(앤서니 콜먼)

14
계약 체결

   3일 뒤, 펠릭스가 학교에서 돌아오자마자 노크 소리가 들렸다. 문을 여니 루퍼스 삼촌이 문 앞에 서 있었다.
   "네가 생각해봐야 할 문제가 좀 있단다." 이렇게 말하면서 삼촌이 커다란 노란 봉투를 내밀었다. "이 봉투만 전해주고 가도 되고, 네가 시간이 괜찮다면 들어가 설명을 좀 해줄 수도 있어."
   펠릭스는 삼촌을 거실로 안내했다. 삼촌이 봉투 안에서 빽빽이 글씨가 인쇄된 종이 몇 장을 꺼냈다. 종이는 스테이플러로 묶여 있었다.
   "동업자 계약서 초안이란다." 삼촌이 종이 묶음을 건네주며 말했다. "다른 친구들 것까지 세 부 더 준비해 넣어뒀어. 너희가 할 일이 뭔지 알려주려고 편지도 한 통 써서 넣었고."
   펠릭스는 계약서를 꺼내 첫 문단을 살펴봤다.
   "네가 이해하기엔 좀 어려울 수 있어. 법률가들만의 언어가 있거든. 하지만 제대로 된 법률적 토대 위에서 사업을 꾸려나가는 게 좋아. 부모님께도 보여드리렴. 알았지? 친구들에게도 그렇게 하라고 얘기해주고. 그런 다음 나한테 너희들의 생각을 알려주면 된단다.

동봉한 편지에도 적어놨지만 이건 그저 내가 제안하는 임시 계약서란다. 너희들이 맘에 들지 않는 부분이나 고치고 싶은 부분이 있으면 편하게 얘기하렴. 물론 공식적인 계약서를 쓰고 싶지 않다면 그렇게 해도 돼. 이건 너희들의 사업이니까. 난 그저 조언해주는 사람일 뿐이야."

"저는 아주 좋은 생각인 것 같아요…." 펠릭스는 계약서를 훑어보며 말했다. "하지만 돈이 많이 들지 않나요?"

"법률가인 내 친구가 뚝딱 만들어준 거야. 하지만 그 친구의 시간을 많이 뺏은 건 아니란다. 사실 흔히 쓰이는 양식이거든. 그냥 내가 미리 주는 생일 선물이라고 생각하렴."

펠릭스는 너무 후한 생일 선물이 아닌가 하고 생각했다. 그래서 삼촌한테 감사 인사를 하려는데, 식당에 있던 윌리엄 형이 갑자기 나타났다.

"소리가 들려서 와봤어요." 형이 말했다. "삼촌, 차 한 잔 드릴까요?"

"미안하지만 다음에 마셔야겠다. 오늘은 좀 바쁘구나. 그래, 새로 시작한 일은 어때?"

"좋아요. 사장님 때문에 피곤할 때도 있긴 하지만 급여는 좋은 편이에요. 그리고 출퇴근이 정말 편해요!"

"그거 참 잘됐구나!"

삼촌이 미소를 짓고는 펠릭스 쪽으로 돌아섰다.

"또 한 번 회의를 열어야 할 것 같은데. 음… 3주 후 어떠니? 다른 사람들이 괜찮다면 난 토요일이 좋을 것 같구나."

3주 뒤, 동업자 회의가 열렸다. 펠릭스가 회의를 소집했고, 의장은 루퍼스 삼촌이 맡았다. 삼촌은 지금부터 듣게 될 이야기들이 지루할 수 있다는 점에 대해 미리 양해를 구하면서 회의를 시작했다. 하지만 매우 중요한 이야기이므로 지루하더라도 모두가 잘 들어주시길 바란다고 덧붙이고는, 이야기가 잘 진행되면 회의는 한 시간을 넘기지 않을 거라고 했다.

삼촌이 한 줄 한 줄 읽어 내려간 동업자 계약서에는 동업의 목적이 무엇인지, 이윤은 어떻게 분배할 것인지, 동업자들 각자의 의무는 정확히 무엇인지, 동업자 회의는 얼마 만에 한 번씩 열 것인지, 회의를 소집할 권한은 누구에게 있는지, 그리고 그렇게 소집된 회의는 누가 주재할 것인지에 대한 내용이 제시되어 있었다. 또 회의 시 투표는 어떤 식으로 진행되며 회의 기록은 어떻게 할 것인지, 그리고 회의록은 누가 보관할 것인지도 적혀 있었다. 수입 및 지출의 기록 방법과 더불어, 그 기록물을 동업자들이나 보호자들이 열람하는 방법도 제시되어 있었다.

계약서에는 동업자 중 누군가가 계약 사항을 변경하고 싶을 때, 병에 걸리거나 사망했을 때, 더 이상 동업자 관계를 유지하기를 원치 않을 때 어떻게 하면 되는지도 나와 있었다. 그리고 이런 일이 발생하면 동업자들이 보유한 회사 지분은 어떻게 되는지, 누구에게 자신의 지분을 팔 수 있으며, 그럴 경우 그 지분의 가치는 어떻게 산출해야 하는지도 적혀 있었다.

마지막으로(삼촌이 모든 이야기를 마치기까지 정말로 대략 한 시간이 걸렸다) 삼촌은 자신이 한 이야기에 대해 질문이 있는지 물었다. 그리고 10분 후, 이 동업자 계약에 대한 찬반 투표를 실시해도 되는지, 좀 더 생각할 시간이 필요한 사람이 있는지 물었다.

투표 결과, 만장일치로 계약이 성사되었다. 동업자들이 계약서 사본을 하나씩 가지고 있었으므로 각각의 계약서에 동업자들의 서명을 모두 받아야 했다. 네 부의 계약서가 하나씩 테이블 앞에 앉은 사람들의 손에서 손으로 전달되었고 펠릭스와 모, 네드, 엘리메이에 이어, 거기 참석한 보호자들까지 받아 든 계약서에 모두 서명했다. 펠릭스는 이 모습이 언젠가 본 적이 있는 국제 조약 체결 장면과 비슷하다고 생각했다.

계약이 마무리되자 이번에는 엘리메이가 숫자가 적힌 종이를 모두에게 나눠줬다. 거기에는 지난번 회의 이후 지금까지 카드마트에서 얻은 이윤이 기록되어 있었다. 윌리엄 형의 임금과 각종 물품 비용을 빼고도 700만 원이나 되었다. 이 금액에서 얼마를 나눠 가질 것인지 결정하기 위해 다시 한 번 투표가 진행되었다. 투표 결과, 100만 원을 예비금으로 남겨두기로 했다. 엘리메이는 엄숙한 표정으로 지폐 묶음을 나눠주며 신중하게 회계 장부에 기록했다.

동업자 회의는 여러모로 즐거운 행사였다. 집으로 향하는 사람들 사이에 미소와 웃음소리가 가득했다.

펠릭스는 컨설턴트 수수료를 루퍼스 삼촌한테 건네주며 고맙다는 인사를 했고, 삼촌은 그 돈을 조심스레 주머니에 넣었다. 삼촌이 집을 나서려는데, 펠릭스 엄마가 와서 함께 저녁을 먹자고 권했다.

"윌리엄이 고기 요리를 했어요." 엄마가 말했다. "하지만 혹시 루드밀라가 집에서 기다리고 있는 거라면 그냥 가도 돼요. 우린 괜찮아요."

"루드밀라는 지금 집에 없어요. 가족을 만나러 슬로바키아 포프라트에 갔거든요."

"윌리엄 형이 구운 고기는 정말 맛있어요." 펠릭스가 거들었다. "함께 드시고 가세요!"

삼촌은 잠시 주저하는 듯했지만, 곧 편안한 표정을 지었다.

"고맙다. 그렇다면 먹어봐야지."

매주 토요일 저녁 식사 담당은 윌리엄 형이었고, 형은 요리를 정말 잘했다. 하지만 훗날 펠릭스가 이날의 저녁 식사에 대해 기억하는 건 음식 맛이 아니었다. 살다 보면 먹은 음식이나 사람들과 나눈 대화 내용과는 상관없이, 그저 그 당시의 분위기 때문에 특별해지는 순간이 있다. 무슨 이유에서인지, 그날 저녁은 유난히 정겹고 마음이 따뜻해지는 시간이었다.

펠릭스 가족이 루퍼스 삼촌과 함께한 그날 저녁은 그 어느 때보다 즐거웠다. 그건 삼촌도 마찬가지였다. 대화는 대부분 과거를 회상하는 이야기(펠릭스는 삼촌이 어렸을 때 처음으로 돈을 벌어 보려고 했던 이야기가 특히 좋았다)였다. 이야기를 나누느라 식사 시간은 평소보다 훨씬 길어졌다. 시간이 많이 늦었지만 펠릭스 아빠는 아직 더 먹고 싶은 사람이 있을까 봐, 커피와 함께 남아 있던 펠릭스의 생일 케이크를 가지고 왔다.

그건 형이 펠릭스를 위해 만들어준 생일 케이크였다. 원래 페라리 스포츠카 모양이었는데, 남은 부분만으로도 그 사실을 알 수 있었다.

"왜 페라리 모양으로 만든 거니?" 삼촌이 물었다.

"펠릭스가 언젠가 꼭 페라리를 사겠다고 했거든." 펠릭스 아빠가 미소 지으며 설명했다. "겨우 네 살 때 그렇게 말했어."

"정말?"

삼촌이 펠릭스를 보며 물었고, 펠릭스는 그저 어깨를 으쓱해 보였다.

"어느 날 오후 우리 네 식구가 정류장에서 버스를 기다리고 있었어요." 펠릭스 엄마가 설명했다. "쇼핑하러 나왔다가 집으로 돌아가는 참인데 갑자기 비가 쏟아졌어요. 버스는 오지 않고, 너무 당황한 나머지 피곤해지더라고요. 그런데 그때 페라리를 탄 남자가 정류장 앞에 차를 세우더니 자기 차에 타겠냐고 묻는 거예요."

"안타깝지만, 우리한테 한 말이 아니었어요." 윌리엄 형이 이야기를 이어받았다. "우리 앞에 있던 여자들한테 말한 거였죠. 그들 중 두 명이 차에 탔고, 차는 떠났어요."

"펠릭스가 물었어. 왜 우린 저런 차가 없어요?" 아빠가 이야기를 이어갔다. "그래서 내가, 우린 저런 차를 살 만큼 돈이 많지 않다고 했어. 그러자 펠릭스가 왜 그 남자는 그만큼 돈이 많고 우린 없냐고 물었지. 그랬더니 우리 앞에 있던 여자들 중 한 명이 우릴 돌아보며 말했어. 아까 그 남자는 성공한 사업가라서 그렇다고."

"그 말을 듣고 펠릭스는 잠시 생각에 잠긴 듯했어요." 형이 말했다. "그러더니 큰소리로 이렇게 말하지 뭐예요. 나도 커서 사업가가 될래요…."

"그래서 꼭 페라리를 살 거예요!"

지금까지 너무 많이 했던 이야기여서 식구들 모두가 펠릭스의 마지막 대사를 함께 외치며 웃었다.

"이야, 페라리?" 삼촌이 맞은편에 앉은 펠릭스를 보고 미소 지었다. "잘 고른 것 같구나, 펠릭스."

"우린 지금껏 그냥 말도 안 되는 소리라고만 생각했거든." 아빠가 말했다. "근데 최근 몇 주 동안 일어난 일을 보면서 과연 그럴 수도 있지 않을까 하는 생각이 들기 시작했어."

15
컨설팅

펠릭스에게 더할 나위 없이 행복한 나날들이 이어졌다. 우선, 펠릭스의 회사는 계속해서 많은 돈을 벌어들였다. 6월 말에 열린 동업자 회의에서 엘리메이는 모두 합해 1만 740장의 카드가 팔렸다고 발표했다. 그리고 동업자들은 이익금 중 750만 원을 나눠 갖기로 했다. 그중 펠릭스의 몫은 318만 7,500원이었다.

놀라운 금액이었다. 그리고 또 한 가지 놀라운 점은, 네드의 말대로 동업자들이 별다른 노력을 하지 않는데도 이 많은 돈이 들어오고 있다는 사실이었다. 이제는 카드를 프린트하고 주문을 확인해서 상품을 보내는 일을 윌리엄 형이 맡고 있으므로, 펠릭스가 학교에서 돌아와 해야 할 일이 거의 없었다. 보통 펠릭스가 하는 일은 형의 업무 보고를 들은 뒤, 그날 도착한 돈을 방으로 가져가 침대 밑 신발 상자에 넣는 게 전부였다.

가끔 펠릭스가 집에 왔을 때 형이 봉투에 주소를 적고 있으면 펠릭스는 형을 도와서 함께 일을 마무리했다. 하지만 어디까지나 펠릭스가 좋아서 한 일이었다. 형은 기꺼이 모든 업무를 수행했다. 카드 용지나 봉투, 우표를 사러 다니는 일도 형이 맡았다.

펠릭스를 행복하게 하는 것은 카드마트의 성장만이 아니었다. 펠릭스에겐 최근에야 만나게 된 삼촌과 함께하는 시간이 번창하는 사업만큼이나, 어쩌면 그보다 더 중요했다.

두 번째 동업자 회의를 마친 이후, 루퍼스 삼촌은 적어도 일주일에 한 번씩은 펠릭스네 집에 들러 일이 잘되고 있는지 살폈다. 그런 날엔, 늦은 오후 펠릭스가 학교에서 돌아오면 곧 삼촌의 차가 집 앞에 나타나곤 했다. 삼촌은 회의 같은 것 때문에 어디를 가는 길이라든가, 아니면 그런 곳에 다녀오는 길이라고 설명하면서 이야기할 시간이 있는지 물었다. 그러면 펠릭스는 마실 차를 준비했고, 두 사람은 식당이나 거실에 함께 앉아 이야기를 나눴다. 펠릭스는 삼촌한테 카드마트 경영에 대해 이야기하고, 문제가 있을 때마다 조언을 구했다.

삼촌이 해주는 조언은 말 그대로 조언일 뿐이었다. 삼촌은 절대 펠릭스한테 어떻게 하라고 말하지 않았다. 이 회사는 펠릭스와 동업자들의 것이며, 회사의 장래에 대한 모든 결정은 펠릭스와 동업자 친구들이 해야 한다고 항상 말했다.

삼촌이 침대 밑 신발 상자에 돈을 보관하기보다는 동업자들과 함께 쓸 수 있는 은행 계좌를 개설하는 게 어떠냐고 제안했을 때도 그랬다. 펠릭스는 잠시 생각해본 뒤 그냥 지금까지 하던 대로 하겠다고 했다. 사업으로 번 돈을 실제로 볼 수 있어서 좋고, 지금처럼 엘리메이가 상자에서 지폐 묶음을 꺼내 나눠주는 이윤 분배 방식이 마음에 들기 때문이라고 설명했다. 펠릭스에겐 이런 일들 하나하나가 모두 즐거움이었다. 삼촌은 미소를 지으며 고개를 끄덕였고, 그에 관해서는 더 이상 언급하지 않았다.

이런 펠릭스의 생각이 바뀔 수 있도록 설득한 건 펠릭스의 아빠였다. 어느 날 저녁을 먹으면서, 아빠는 그 원인이 뭐가 됐든 돈을 잃어버렸을 때 생길 수 있는 문제들을 이야기했다. 집에 화재가 발생하거나 도둑이 들 수도 있지 않은가? 만약 그런 일이 생기면 과연 누가 책임질 수 있지? 펠릭스의 지분으로 친구들의 돈을 보상해줘야 할까? 굳이 그런 위험을 감수할 필요가 있을까?

펠릭스는 이 문제를 모, 그리고 나머지 동업자 친구들과 의논했고, 고심 끝에 모두가 함께 쓸 수 있는 은행 계좌를 만드는 게 합리적 선택이라는 결론을 내렸다. 그리고 이틀 뒤, 루퍼스 삼촌이 네 명의 동업자를 번화가에 있는 은행으로 데려갔다. 젊은 여자 직원은 밝은 목소리로 동업자 공동 계좌는 어떻게 관리되며 어떤 준비가 필요한지 설명해준 다음, 네 친구의 개인 계좌 개설을 도와줬다.

그 직원은 첫 예금으로 몇 백만 원이 든 신발 상자를 받고 깜짝 놀랐지만, 그런 티를 내지 않으려고 애썼다.

루퍼스 삼촌이 단순히 조언만 해준 것은 아니었다. 비상시에 실질적인 도움을 주는 사람도 바로 삼촌이었다. 한번은 이런 일이 있었다. 펠릭스가 학교를 마치고 집으로 오니 윌리엄 형이 컴퓨터 옆에 겁에 질린 채 서 있었다. 텅 빈 모니터 화면에 오류가 발생했다는 문구만 떠 있었다.

"큰일 났어. 아무것도 안 돼!"

"왜? 뭐가 어떻게 된 건데?"

"모르겠어! 처음엔 괜찮았는데 갑자기… 오류가 발생했대."

컴퓨터 문제에 대해 펠릭스가 아는 유일한 해결책은 플러그를 뽑았다가 다시 꽂는 것뿐이었다. 언젠가 네드가 이야기해준 방법이었다. 하지만 형이 이미 네 번이나 그렇게 해봤지만 문제가 해결되지 않았다고 했다.

평소 같았으면 펠릭스는 가장 먼저 네드한테 전화했을 것이다. 하지만 그때 네드는 캘리포니아에 있었다. 공식적으로는 컴퓨터 프로그래밍 강좌를 들으러 갔다고 했지만, 네드가 보낸 엽서로 미뤄보건대 겸사겸사 이른 여름휴가도 즐기고 있는 듯했다.

당장 나가서 새 컴퓨터를 사는 것도 한 가지 방법일 수 있었다. 하지만 컴퓨터를 바꾸다가 그날 들어온 주문에 오류가 생기는 건 아닌지 알 수 없었다. 게다가 지금까지 카드를 구매한 고객들의 이름과 주소 같은 정보에 문제가 생기면 어떻게 할 것인가? 자칫 그 정보가 다 날아가버린다면?

펠릭스는 삼촌한테 전화했다.

30분 뒤, 집 앞에 흰색 밴 한 대가 멈춰 섰고, 거기서 젊은 남자 한 명이 내렸다. 그리고 한 시간 뒤, 컴퓨터가 다시 작동하기 시작했다. 그 남자는 외장형 하드디스크를 주면서 펠릭스와 윌리엄한테 백업의 중요성에 대해 긴 설교를 했다. 적어도 하루에 한 번은 백업을 해야 하고, 한 시간에 한 번씩 하면 더욱 좋다고 했다.

펠릭스가 수리 비용이 얼마인지 묻자, 그 남자는 외장형 하드디스크 값만 받고 수고비는 받지 않겠다고 했다.

"너희 삼촌이 내가 회사 차릴 때 많은 도움을 주셨어. 그 도움에 보답할 기회가 생겨서 오히려 기쁘단다." 그러고는 명함을 한 장 건넸다. "새로 컴퓨터 살 일이 있으면 연락해. 특별히 싸게 해줄게!"

하지만 삼촌이 해주는 조언보다도, 그리고 삼촌이 주는 그 어떤 도움보다도 훨씬 더 좋은 것이 있었다. 그것은 바로… 삼촌과 함께 사업 이야기를 할 수 있다는 점이었다.

두 사람은 비단 카드마트 이야기만 한 게 아니었다. 삼촌은 식당에서 차 한 잔을 손에 들고 앉아, 삼촌 스스로 '게임'이라고 부르는 것에 대해 이야기해주곤 했다. 삼촌은 회사를 설립하는 게 최고의 게임이라는 말을 자주 했다. 다른 게임들처럼, 거기에도 규칙이 있기 때문에 게임을 잘하고 싶다면 그 규칙을 잘 아는 게 중요하다고 했다. 펠릭스가 삼촌 집에 간 첫날 삼촌이 이야기해준 것(어떻게 해야 할지 모를 땐 그에 대해 잘 아는 사람을 찾아야 한다)도 그런 규칙 중 하나였다.

그리고 가장 중요하지만 많은 이들이 간과하는 규칙이 하나 있다고 했다. 회사는 계속 변화해야 한다는 점이다. 회사는 설립만 해놓으면 알아서 굴러가는 게 아니므로, 끊임없이 변화를 시도하고 항상 발전과 개혁을 거듭해야 한다고 했다. 계속 성장하지 않는 회사는 결국 문을 닫을 수밖에 없다고 했다.

또한 삼촌이 하는 사업 이야기(얼마 전, 삼촌 회사는 영국의 주요 지게차 배터리 공급 기업 중 하나가 되었다고 했다), 그리고 전에 설립했던 다른 회사들 이야기도 해주곤 했다. 과거에 저질렀던 실수(완전히 망한 벤처기업)는 물론이고, 예상 밖으로 잘된 사업 이야기도 해줬다. 아울러 망한 경험, 잘된 경험을 통해 무엇을 깨달았는지도 알려줬다.

삼촌은 펠릭스가 앤서니 콜먼의 책에서 잘 이해하지 못했던 모든 구절(캐시플로, 시장 독점 같은 말이 무슨 뜻인지, 또 매출총이익은 무엇을 가리키는 것인지)을 설명해줄 수 있는 유일한 사람이었다. 심지어 삼촌은 모가 펠릭스한테 선물한 앤서니 콜먼의 책을 이미 읽어봤을 뿐 아니라, 실제로 앤서니 콜먼을 몇 차례 만난 적이 있다고 했다.

"앤서니 콜먼의 강연을 처음 들은 건 버밍엄에서 열린 소기업 콘퍼런스에서였어. 당시 앤서니 콜먼은 영국 최초로 24시간 배관 회사를 설립해서 많은 돈을 벌었지. 난 그 사람이 마음에 들었어. 좋은 사람이야."

루퍼스 삼촌과 함께 보내는 시간은 펠릭스가 지금까지 만났던 그 누구도 대신할 수 없을 만큼 특별했다. 삼촌과 있을 때면 펠릭스는 지금껏 사업에 대해 이야기하고 싶었던 모든 것을 대화를 통해 풀 수 있었다. 삼촌은 펠릭스가 알고 싶은 것은 뭐든 알고 있었고, 펠릭스가 언젠가 꼭 해보고 싶은 일들을 모두 해본 사람 같았다.

펠릭스에게 루퍼스 삼촌은… 위대한 사람이었다.

그것도 엄청나게 위대한 사람이었다.

16
사업의 이면

"이해할 수 없는 게 있어." 여름 학기가 거의 끝나가던 어느 날 오후, 펠릭스는 모와 함께 집으로 돌아가는 길에 이렇게 말했다. "어째서 내가 열네 살이 돼서야 삼촌을 만날 수 있었냐는 거야. 삼촌은 우리랑 고작 12킬로미터 떨어져 살고 있었는데 말이야. 처음부터 알고 지냈으면 얼마나 좋았겠어! 어째서 엄마, 아빠는 더 일찍 삼촌을 만나게 해주지 않았을까?"

"글쎄, 너희 부모님은 만나게 해주고 싶으셨을 거야." 모가 말했다. "너희 부모님은 계속해서 삼촌을 초대하고 그랬잖아. 그런데 삼촌이 거절했지."

펠릭스는 모를 가만히 바라봤다.

"뭐라고?"

"답장도 하지 않았다던데?" 모가 잠시 말을 멈추고 생각에 잠기더니 이렇게 덧붙였다. "내 생각에 너희 삼촌은 계속 화가 나 있었던 것 같아."

"화가 나? 왜?"

"음… 그건 너희 엄마가 삼촌이 아니라 너희 아빠랑 결혼했으니까."

펠릭스는 횡단보도를 건너다 말고 중간에서 갑자기 멈춰 섰다.

"뭐라고?"

당황한 모가 펠릭스의 팔을 잡고 황급히 길 건너 쪽으로 이끌었다. "너희 엄마는 원래 너희 삼촌이랑 결혼하려고 했었잖아. 뭐, 결국 너희 아빠랑 결혼하기로 결심하셨지만. 그래서 너희 부모님과 삼촌이 20년 동안 만나지 않았던 거 아냐?" 모가 잠시 멈췄다가 덧붙였다. "몰랐어?"

"몰랐어. 아무도 그런 얘기는 해주지 않았거든."

"이런, 미안해." 모가 미안한 표정으로 미소를 지었다. "난 너도 알고 있는 줄 알았어."

펠릭스가 집에 도착해 현관문 안으로 들어서는데, 식당에서 형이 외치는 소리가 들렸다.

"오늘은 서른두 건이야!"

형은 언제나 그날 들어온 주문 건수를 알려주면서 동생을 맞이했다.

펠릭스는 현관 앞에 가방을 놓아두고 식당으로 들어갔다. 테이블 위에는 우체국으로 갈 준비를 마친 안전 봉투가 쌓여 있었다.

그리고 한쪽에는 입구가 개봉된 갈색 봉투 더미와 함께 그 안에서 꺼낸 돈이 단정하게 놓여 있었다. 형이 은행으로 가져가기 전에 펠릭스의 확인을 받으려고 준비해둔 것이었다. 펠릭스가 새로 기입한 내용을 확인할 수 있도록 주문 기록부도 펼쳐져 있었다.

"삼촌 말이 맞았어." 형이 말했다. "독촉장을 보낸 사람들 중에 네 명이 돈을 보냈어!"

앤서니 콜먼이 경고한 대로, 카드를 받은 사람들이 모두 잊지 않고 돈을 보내는 건 아니었다. 루퍼스 삼촌은 돈 보내는 걸 단순히 잊어버린 사람도 있을 테니 독촉장 같은 걸 보내보라고 제안했다. 그래서 펠릭스는 독촉장 한 통을 작성했다. 이것은 상품을 보내고 한 달이 지나도 돈을 받지 못할 경우에 보내기로 했다. 독촉장에는 이렇게 적혀 있었다.

구매하신 카드가 마음에 드셨길 바랍니다. 아울러, 안타깝게도 아직 돈이 도착하지 않았음을 알려드리는 바입니다. 만약 이미 보내셨다면 이 내용은 무시하셔도 됩니다. 아직 보내지 않으셨다면 동봉된 봉투를 이용해주시기 바랍니다.

삼촌은 이렇게 해도 돈을 받지 못한다면, 그 금액을 손실로 기록하고 그냥 잊는 게 최선일 수도 있다고 했다. 하지만 결과적으로 돈을 보내온 네 건의 경우에는 독촉장이 효과가 있었다.

"형은 엄마랑 루퍼스 삼촌 얘기 알고 있었어?"

"무슨 얘기?"

"엄마랑 삼촌이 결혼할 뻔했다는 거."

"아, 그거!" 형이 싱긋 웃었다. "응."

"알고 있었어?"

"언젠가 할머니한테 들은 적 있어." 형이 이렇게 말하더니 문구 상자를 가리켰다. "카드 용지가 더 필요해. 우체국 다녀오는 길에 사 올까?"

"그래, 고마워." 펠릭스는 듣는 둥 마는 둥 대답했다. "엄마 아직 안 오셨지?"

"주방에 계셔. 목요일이잖아."

펠릭스 가족의 식사 준비는 대부분 윌리엄이 했다. 펠릭스의 일을 맡기 전에도 윌리엄은 토요일마다 고기를 구워 식사를 준비했고, 케이크와 푸딩도 모두 맡아서 만들었다. 하지만 카드마트 업무를 다 마치고도 가족 중 가장 여유 시간이 많아진 윌리엄은 이제부터는 매일 저녁 식사를 담당하겠다면서 그걸 월세 대신으로 생각해달라고 했다.

윌리엄이 식사를 담당하면 모두에게 좋았다. 하지만 엄마는 주방에서 완전히 쫓겨날 수는 없다며 일주일에 한 번은 조금 일찍 퇴근해 저녁을 직접 준비하겠다고 했다.

엄마는 싱크대 앞에 서서 파이에 넣을 감자를 깎고 있었다. 펠릭스를 보자 미소를 지어 보이며 테이블 위 접시를 가리켰다.

"형이 머랭 쿠키를 만들었어. 하나 먹어봐. 정말 맛있더라."

"엄마가 루퍼스 삼촌이랑 결혼하려 했다가 마음을 바꿨다는 게 사실이에요?"

"맙소사!" 묘한 웃음소리를 내면서 엄마의 얼굴이 붉어졌다. "누구한테 들었니?"

"모한테 들었어요. 진짜예요?"

"음… 맞아. 맞는 것 같아." 엄마가 다시 싱크대 쪽으로 몸을 돌리고는 거칠게 감자를 깎기 시작했다. "그렇지만 엄밀히 말하면 마음이 바뀐 건 너희 삼촌이었어. 결혼식 일주일 전에. 루퍼스는 생각할 게 있다는 편지만 남겨놓고 프랑스로 떠나버렸지. 그리고 6개월 뒤에 돌아와선 엄마랑 결혼하고 싶은 마음이 진심인걸 알았다고 말했어. 하지만 그때 이미 엄마는 너희 아빠랑 결혼하기로 마음먹은 상태였단다."

"그럼 엄마는 두 사람하고 약혼했던 거예요?"

"동시에 한 게 아니야!" 엄마가 냄비에 넣기 위해 껍질 벗긴 감자를 잘게 잘랐다. "그건… 복잡한 얘기야. 루퍼스 삼촌과 아빠는 성격이 완전히 달랐거든. 그리고 난 두 사람 다 좋아했어. 다른 사람들도 다 그 두 사람을 좋아했지. 루퍼스는 고급 레스토랑에 데려갈 정도로 돈이 많은 사람이었고, 너희 아빠는 여자랑 데이트할 때 비를 맞으며 숲을 걷자고 하는 사람이었어." 그러고는 감자에 소금을 좀 뿌렸다. "그런데 결과적으로 내가 원하는 사람은 너희 아빠였어."

"왜 이 얘기를 지금껏 나한테는 아무도 해주지 않은 거예요?"
"하려고 했어. 두어 번 말하려고 했었어. 하지만 네가 별로 관심이 없는 것 같더구나. 그래서 굳이 말을 꺼내지 않았던 거야."
엄마가 가스레인지를 켰다.
"아무튼, 루퍼스는 내 말을 듣고 몹시 화가 났어. 결혼식에도 오지 않았고 결국 그후로 우리와 연락을 끊었어. 우린 계속 루퍼스의 마음이 풀리기를 기다렸지. 크리스마스에도 초대하고 윌리엄의 대부가 되어달라는 부탁도 하고…. 하지만 너희 삼촌은 너무 화가 나 있었어. 우리와 그 어떤 것도 함께하지 않으려 했지."
펠릭스는 엄마를 가만히 바라봤다. 그러다가 처음 삼촌 집에 갔던 날의 기억이 퍼뜩 떠올랐다. 아빠가 삼촌 집에 들어가지 않았던 것과 아빠와 삼촌 중 누구도 먼저 악수를 청하지 않았던 것. 그리고 펠릭스가 삼촌 집을 나설 때 밖에서 기다리고 있던 엄마. 또 엄마가 삼촌을 안아주던 모습과 처음엔 거부하려 했던 삼촌의 어색한 태도….
엄마가 창밖으로 정원을 내다보며 말했다.
"너도 알겠지만 네가 사업을 시작하고 나서 좋은 일이 많이 생겼어. 사업이 잘돼서 돈을 많이 번 것 말고도 말이야. 마침 일자리가 간절했던 윌리엄한테 일자리가 생겼고, 모에게도 정말 좋은 영향을 줬지. 모는 정말이지 다른 아이가 된 것 같더구나…. 그런데 그 누구보다 좋은 일이 생긴 사람은 아빠인 것 같아. 정말 최고의 사건이지."

펠릭스는 얼굴을 찌푸렸다.

"제 사업 때문에 아빠한테 무슨 좋은 일이 생겼는데요?"

"네 사업 덕분에 동생을 찾아가 도움을 구할 완벽한 구실이 생겼잖니. 아빠는 삼촌한테 전화해서 이렇게 말할 수 있었지. '내 아들이 열네 살인데 사업을 시작했어.' 그건 삼촌이 딱 네 나이일 때 했던 행동과 똑같았어. 아빠는 이렇게 말했을 거야. '내 아들은 지금 도움이 필요한데 난 어찌해야 할지 모르겠어. 그 애한테 조언 좀 해줄 수 있어?' 아빠는 이런 얘기라면 삼촌도 거절하지 못할 걸 알고 있었던 거야."

"그래서 아빠가 저를 삼촌 집에 데려간 거군요?"

"글쎄. 물론 아빠는 너한테 삼촌의 조언이 꼭 필요하다고 생각했을 거야. 하지만… 맞아, 가장 큰 이유는 그거였어. 네 사업이 두 사람 사이의 장벽을 허물어준 거지. 너희 아빠는 동생을 무척 좋아했어. 그리고 무척이나 그리워했지. 그런데 네가 사업을 시작한 덕분에 동생을 되찾게 된 거야."

한동안 주방 안에서는 냄비에서 음식 끓는 소리만 들렸다.

"그래서 요즘 카드마트는 어떠니?" 엄마가 물었다. "새로운 카드 준비는 잘되고 있니?"

17
신상품 출시

펠릭스는 얼마 전부터 카드마트 웹사이트에 새 카드를 출시하고 싶어 안달이었다. 한 달에 한 번 정도는 새 카드를 출시해야 한다는 게 펠릭스의 생각이었다. 하지만 이 계획에 걸림돌이 되는 건 바로 모였다. 모는 벌써 몇 주째 5F반 디자인 제3탄을 작업하고 있었지만, 이렇다 할 진전은 없는 듯했다. 펠릭스가 언제쯤 디자인을 완성할 수 있냐고 물으면, 그저 잘 모르겠다고 대답할 뿐이었다. 어느 정도 작업이 진행되었는지 볼 수 있냐고 물어도 안 된다고만 했다. 모는 그 누구에게도 '아직 작업 중'인 작품을 보여주지 않았다.

펠릭스는 루퍼스 삼촌한테 이럴 땐 어떻게 해야 하는지 조언을 부탁했다. 모를 좀 더 서두르게 할 방법은 없을까? 펠릭스는 너무도 궁금했다.

"내 생각엔 네가 인내심을 가지고 기다려야 할 것 같구나." 펠릭스가 상황을 설명하자 삼촌은 이렇게 말했다. "창작 재능을 가진 사람과 일할 때는 좀 더 주의를 기울여야 해. 너무 심하게 다그치면 몹시 언짢아하기도 하거든. 그럼 수개월 동안 어떤 결과물도 얻지 못할 수 있단다. 내가 해줄 수 있는 충고는 그저 느긋하게 기다려주라는 거야."

그러고는 윌리엄 형이 준 바나나 케이크를 한 조각 더 담기 위해 잠시 말을 멈췄다가 이렇게 덧붙였다.

"그런데 새 카드를 출시하고 싶은 거라면 꼭 모가 그린 그림이 아니어도 되지 않니? 모의 작업을 기다리는 동안 먼저 출시할 만한 다른 건 없을까?"

그날 밤, 이 문제에 대해 생각하던 펠릭스는 엄마의 생일 카드를 사러 갔다가 우연히 봤던 카드가 떠올랐다. 그 카드에는 거북이한테 원반을 던지며 "물어 와!" 하고 외치는 남자의 사진이 있었다. 펠릭스는 카메라만 있다면 자기도 그런 사진을 찍을 수 있겠다는 생각이 들었다. 그래서 카메라를 사면 어떨까… 하고 생각하다가, 또 다른 기억이 퍼뜩 떠올랐다. 카메라도 살 필요 없겠다 싶었다.

펠릭스의 할아버지는 1950년대부터 전문 사진사로 일하셨다. 그리고 문자 그대로 수천 장의 사진을 남기셨다. 할머니 댁 손님 방에는 할아버지가 찍은 사진들을 모아둔 상자가 있었는데, 펠릭스는 할머니 댁에 갈 때마다 그 사진들을 구경하면서 꽤 오랜 시간을 보내곤 했다.

할아버지는 사우샘프턴 남쪽에 있는 사우스시에서 사진관을 하셨다. 할아버지의 작품 속 주인공은 대부분 보통 사람들이었다. 해변이나 유원지에서 시간을 보내는 사람도 있었고, 그저 거리를 거니는 사람도 있었다. 주로 흑백 사진들이지만 매우 선명하고 깨끗했다. 사진 속 사람들의 옷과 헤어스타일, 그리고 그들이 타고 있는 자동차의 모습에는 특별한 매력이 있었다. 그래서인지 사진을 보다 보면 그 매력에 끝없이 빠져들어 마치 또 다른 세상을 경험하는 듯했다.

주말이 되어 할머니 댁에 찾아간 펠릭스는 할머니한테 그 사진들로 멋진 카드를 만들 수 있을 것 같다면서 사진을 사용해도 되는지 물었다. 할머니는 정말 좋은 생각이라면서 할아버지도 상자 속에 사진들을 묵혀두는 것보다 여러 사람이 보고 즐기는 걸 훨씬 좋아할 거라고 하셨다.

그날 오후, 펠릭스는 적당한 사진 스무 장 정도를 골랐다. 그리고 월요일에 학교로 가져가 다른 동업자들한테 보여줬다. 모는 그 사진들로 카드를 만들 거라면 사진 아래에 5F반 그림에서도 그랬듯이 적절한 글귀를 적어 넣는 게 어떠냐고 제안했다. 그날 점심시간에 네 친구는 함께 사진들을 훑어보며 가장 마음에 드는 사진들을 골랐다. 그런 다음 모가 '부제'라고 부르는, 사진 밑에 적을 짧은 글귀를 생각해봤다.

이 작업에서는 특히 엘리메이가 뛰어난 재능을 보였다. 사진들 중에는 1950년대에 찍은 젊은 남자 사진이 한 장 있었는데, 사진

속 그는 약간 헐렁한 수영복을 입고 해변에 늠름하게 서 있었다. 엘리메이는 여기에 다음과 같은 부제를 정했다.

랠프는 생각했다. 남자의 자신감은 엄마가 손수 떠주신 수영복에서 나온다고.

같은 시기에 찍은 또 다른 사진 속에는 멋있게 차려입은 젊은 커플이 스포츠카를 타고 있었다. 남자는 파이프 담배를 피우고 있었고, 여자는 그 모습에 반한 듯 남자를 바라보고 있었다. 엘리메이는 이렇게 부제를 달았다.

펄리시티는 바로 지금이 그녀가 서배스천의 새 차 좌석에 저지른 작은 사고를 얘기할 좋은 기회가 아닐까 하고 생각했다.

펠릭스는 어째서 새 차 좌석에 사고를 친 게 재미있는 일인지 확실히 이해할 수 없었지만, 모가 분명 그렇다고 했기 때문에 안심했다(펠릭스는 모가 그렇다고 하면 그걸로 충분하다고 생각했다).

네드는 네 사람이 고른 사진을 스캔해서 컴퓨터에 저장했고, 펠릭스가 그걸 출력했다. 그리고 모는 친구들이 최종 선택한 카드 열 장을 가지고 카드 샘플을 만들었다. 모는 부제 부분에 독특한 폰트를 사용해서 멋을 더했다. 펠릭스는 삼촌이 집에 왔을 때 그 카드 샘플을 보여줬다.

"멋지구나." 삼촌이 카드들을 살펴본 뒤 평소처럼 빙그레 웃으며 이렇게 말했다. "옛날 사진이라… 너라면 잘 해낼 줄 알았다!" 그런 다음 펠릭스를 바라보며 물었다. "할머니 허락은 받은 거지?"

"할머니도 좋아하세요. 그리고 사진을 제공한 대가로 돈을 받을 생각도 없다고 하셨어요."

"음, 정말 고마운 일이구나." 삼촌이 다시 사진을 살펴봤다. "그런데 인쇄가 좀 문제구나. 지금 갖고 있는 프린터로 과연 너희가 원하는 품질을 얻을 수 있을지 모르겠어."

펠릭스도 같은 생각을 했었다. 집에 있는 프린터로 인쇄하면 펜과 잉크로 그린 모의 그림은 꽤 잘 나왔지만, 사진은 원하는 만큼 선명하게 나오지 않았다. 모는 아무래도 광택제로 마무리 손질을 해야 할 것 같다고 말했다.

"새 프린터를 사야 할까요?"

"글쎄다. 나도 인쇄에 대해선 전혀 몰라서 말이야." 삼촌이 펠릭스를 바라봤다. "하지만 어떻게 해야 할지 모를 땐…."

"…그걸 잘 아는 사람을 찾아가야죠!"

"바로 그거야!"

3일 뒤, 루퍼스 삼촌은 학교를 마친 네 명의 동업자를 태우고 도시 남부에 있는 산업 단지로 데려갔다. 동업자들은 그곳에서 민친 씨를 만났다. 적갈색 머리카락과 콧수염을 가진 쾌활한 사람이었다. 민친 씨는 인쇄 회사인 모두프린트의 설립자이자 경영자였다. 펠릭스는 민친 씨에게 우선 원본 사진과 함께 모가 만든 카드 샘플을 보여줬다.

"멋진 카드로구나." 민친 씨가 테이블에 사진들을 펼쳐놓고는 그중 한 장을 가리켰다. "난 특히 이게 마음에 들어. 나도 어렸을 때 엄마가 수영복을 직접 떠주셨거든. 그 덕분에 몇 년 동안 해변에 가지 않았지!" 그러고는 의자에 등을 기대고 앉았다. "자, 이 카드를 잘 인쇄하려면 두 가지 방법이 있어. 첫 번째는 여기서 너희가 원하는 품질을 낼 만한 인쇄 기계를 사는 거야. 하지만… 이 방법은 별로 추천하고 싶지 않구나. 내 생각엔 우리 회사에 인쇄를 맡기는 게 좋을 것 같은데."

민친 씨는 펠릭스와 친구들이 카드 인쇄를 대량으로(이를테면, 열 가지 디자인을 각각 천 장씩) 요청하면 아주 합리적인 가격으로 해줄 수 있다고 설명했다. 그리고 주문량이 많아질수록 가격은 더 저렴해진다고 했다.

"사실 너희 회사의 웹사이트에도 접속해봤단다. 아주 훌륭하더구나. 그래서 말인데, 신상품뿐 아니라 기존 카드들도 우리 회사에 인쇄를 맡긴다면 우린 훨씬 더 좋은 조건을 제시할 수 있어. 분명 카드 한 장당 인쇄 비용이 지금 너희가 직접 프린트하는 것보다 적게 들 거야. 그러면 너희가 해야 할 업무량도 줄어들겠지. 게다가 우리가 맡아서 해주면 프린터가 고장 날 걱정도 없고, 카드 용지나 잉크 구매 같은 것도 신경 쓸 필요 없어. 우리가 다 알아서 해주니까 말이야."

결론적으로 만약 새로 출시하는 열 개의 카드를 각각 2천 장씩, 그리고 지금까지 모가 디자인했던 스무 장의 카드를 각각 1천 장씩 인쇄하면 모두 합해서(카드 4만 장에 카드 봉투까지 포함

해서) 400만 원이 약간 넘는 정도의 비용이 든다고 했다.

펠릭스는 민친 씨에게 시간을 내주고 조언을 해줘서 고맙다는 인사를 한 후, 민친 씨의 제안을 생각해본 뒤 결정하는 대로 연락을 주겠다고 약속했다.

주말 동안 모든 비용 계산을 마친 엘리메이는 월요일에 만난 친구들한테 민친 씨의 말이 맞다고 보고했다. 현재 카드 인쇄에 드는 총비용(잉크 값, 카드 용지 값, 윌리엄 형의 임금)을 계산해보니, 모두프린트에 인쇄를 맡기는 편이 대략 6퍼센트 정도 싸다고 했다.

7월 말에 열린 동업자 회의에서 엘리메이는 그달에 789세트의 카드를 팔았고, 지출한 비용을 제외한 이윤은 594만 3천 원이라고 보고했다. 그리고 펠릭스는 평소처럼 이윤을 분배하는 대신, 그 돈으로 우선 민친 씨 회사에 주문을 넣어 앞으로 판매할 카드를 미리 인쇄해두자고 제안했다.

펠릭스는 회의에 참석한 어른들에게 새로 출시할 카드 샘플을 보여주며 지금보다 더 나은 인쇄 방식이 필요하다는 점을 설명했다. 그리고 대량으로 카드를 인쇄하면 얼마만큼의 비용이 절약되는지도 이야기했다. 설명을 마치고 의자에 앉은 펠릭스는 의장인 루퍼스 삼촌이 이 안건을 표결에 부치기를 기다렸다.

삼촌이 표결을 시작하려는데 모 엄마가 손을 들었다.

"만약 카드를 대량으로 인쇄해뒀다가 다 팔리지 않으면 어떻게 되죠?"

"만약 그렇다면 그만큼 손해를 보게 되겠죠." 펠릭스가 대답했다. "하지만…."

"그럼 금전적 손해가 꽤 클 것 같은데." 네드 아빠가 말했다.

"맞아요. 하지만…."

"한두 푼 손해 보는 게 아니에요." 엘리메이 할머니가 말했다. 펠릭스가 기억하는 한, 엘리메이 할머니는 지금껏 동업자 회의에서 발언한 적이 단 한 번도 없었다. "자그마치 수백만 원을 잃는 거라고요!"

이 말이 끝나기 무섭게 그렇게 큰돈을 잃을 위험을 무릅쓰고 미리 카드를 인쇄해두는 게 과연 현명한 일인지, 정말 그럴 필요가 있는지 논의하느라 여기저기서 웅성거리는 소리가 들리기 시작했다. 네드 아빠는 먼저 시험 삼아 소량을 인쇄해서 판매해보는 건 어떻겠냐고 했고, 모 엄마도 조금만 인쇄해서 잘 팔리는지 확인한 다음 대량 주문을 하는 편이 좋겠다고 거들었다.

펠릭스는 이 상황을 지켜보면서 부모님들을 이 사업에 끌어들이고 싶지 않았던 이유가 바로 이런 것이었다고 생각했다.

"만약 소량으로 주문을 넣으면 한 장당 가격이 대량으로 인쇄할 때보다 서너 배 비싸져요. 그리고 시험 삼아 소량 인쇄를 했다가 반응이 좋아서 갑자기 주문량이 많아지면 우린 당장 보내줄 물건을 충분히 확보하지 못할 거예요. 민친 씨 회사에서 주문을 처리하는 데는 일주일에서 열흘 정도 걸리니까요."

하지만 네드 아빠는 여전히 납득하지 못했고, 다른 어른들도 마찬가지인 듯했다.

그때 펠릭스 엄마가 나섰다.

"루퍼스의 생각은 어떤지 궁금하네요. 이만큼 돈을 쓰는 게 모험이라고 생각하나요?"

모든 시선이 루퍼스 삼촌한테 향했다. 그동안 삼촌은 동업자 회의에서 의견을 말한 적이 거의 없었다. 삼촌은 늘 이렇게 말했다. 여기서 의견을 말하는 건 자신이 할 일이 아니라고, 의장으로서 자신의 역할은 동업자들이 원하는 것을 알아내 그것을 표결에 부치는 일뿐이라고.

"글쎄요, 이것이 모험이라는 건 우리 모두가 잘 알고 있습니다." 삼촌은 이렇게 말을 꺼낸 뒤 잠시 멈췄다가 말을 이어갔다. "하지만 모든 사업이 모험이지 않을까요? 개인적으로 저는 새로 출시할 카드가 정말 훌륭하다고 생각하지만, 이런 제 생각만으로 카드가 잘 팔릴 거라고 장담할 순 없습니다. 어쨌든 펠릭스는 이 카드들이 잘 팔릴 거라고 판단했습니다. 그리고 지금까지 펠릭스가 여러모로 옳은 판단을 했던 건 사실이죠."

"그럼 그만큼 돈을 지출하는 것에 찬성표를 던지겠군요, 그렇죠?" 펠릭스 엄마가 다시 물었다.

"저는 표결권이 없습니다. 아시다시피 저는 동업자의 일원이 아니니까요. 하지만… 만약 제게 표결권이 있다면… 네, 저는 찬성표를 던지겠습니다."

사실상 이것으로 모든 논의가 끝났다.

사업에 관해서라면 루퍼스 삼촌이 전문가라는 사실은 모두가 알고 있었다. 사람들이 생각하는 루퍼스 삼촌은 하는 사업마다 성공을 거둔 사람이었다.

그런데 공교롭게도, 펠릭스는 머지않아 삼촌의 인생에서 성공이라고 부를 수 없는 면을 발견하게 되었다.

18
어떻게 해야 할지 모를 때

 루퍼스 삼촌의 집에는 뱃놀이를 할 수 있는 호수, 테니스장, 수천 평에 이르는 숲은 물론이고 수영장도 있었다. 수영장은 본채에서 약 50미터 떨어진 건물에 있었는데, 한쪽 면 전체가 유리문으로 되어 있어서 날씨가 따뜻할 땐 그 문을 밀어 열어둘 수 있었다. 여름방학이 시작되자, 삼촌은 펠릭스한테 언제든 자기 집으로 와서 수영장을 이용해도 된다고 했다(카드마트 동업자들과 그 가족들도 원한다면 언제든 방문해도 좋다고 했다).
 "루드밀라가 일주일에 단 한 번 운동 수업을 할 때 이용하고 있어. 그때 말고는 그냥 비어 있지. 누구든 수영장을 이용해주면 오히려 좋을 것 같구나."
 삼촌의 친절한 제안으로 그 수영장을 가장 많이 사용한 사람은 바로 펠릭스와 모였다. 모 엄마는 여름방학 내내 적어도 일주일에 두 번은 모와 펠릭스를 삼촌 집에 데려다줬다. 그리고 펠릭스와 모가 수영장에서 첨벙거리며 노는 동안, 모 엄마는 긴 의자에 앉아 책을 읽었다.

여느 때처럼 펠릭스와 모가 삼촌 집에 수영하러 간 어느 날, 잠수해서 멀리 가기 게임을 마치고 기진맥진해 있을 때 모가 말했다. "행복하지 않은 것 같아. 안 그래?"

"누가 행복하지 않다는 거야?"

모가 가리키는 곳을 보니, 집 밖으로 나온 루드밀라가 팔짱을 낀 채 호수 쪽으로 성큼성큼 걸어가고 있었다.

"저분하고 너희 삼촌 사이에 뭔가 문제가 있는 게 분명해. 행복해 보이지 않아."

펠릭스는 잔디밭 너머 루드밀라를 바라봤다.

"괜찮아 보이는데?"

"아니, 그렇지 않아. 내 생각엔 두 분이 또 다툰 것 같아."

"또라고? 난 본 적 없는데. 두 분이 다투는 건 한 번도 본 적 없어."

"우리 앞에서 다투진 않겠지. 특히 네 앞에서는. 하지만 뭐든지 꼭 직접 보고 들어야 알 수 있는 건 아니야. 난 저런 분위기를 겪어봤거든. 아빠가 떠나시기 전 2년 동안."

펠릭스는 모의 말을 믿기 힘들었다. 하지만 사흘 뒤, 다시 삼촌 집 수영장에 갔을 때에야 모의 말이 맞다는 걸 알게 되었다(사실 이런 일에서는 모의 말이 대부분 옳았다).

펠릭스와 모가 수영장에 도착하자 루드밀라가 마실 것을 가져다줬다. 다 마신 컵을 갖다놓으려고 펠릭스가 주방 문을 막 여는데 삼촌과 루드밀라가 다투는 소리가 들렸다(그저 다투는 수준이 아니라 서로에게 고함을 지르고 있었다). 펠릭스를 발견한 두 사람은 다툼을 멈췄고, 잠시 어색한 침묵이 흐르더니 루드밀라가 휙 돌아서서 밖으로 나갔다.

"이리 다오."

삼촌이 다가와 쟁반을 받았다. 펠릭스는 머뭇거리며 삼촌이 식기세척기 쪽으로 쟁반을 가져가는 걸 바라봤다.

"그렇게 걱정할 것 없어!" 삼촌이 웃으며 말했다. "그냥 말다툼을 조금 한 것뿐이야. 안타깝지만 연인이나 부부들은 다 그렇단다. 아마 너희 부모님도 그럴걸!"

펠릭스는 어떤 대답을 해야 할지 확신이 서지 않았다. 사실 펠릭스의 부모님은 거의 다투지 않았다. 물론 가끔 서로 의견이 충돌하거나 기분이 좋지 않아 보일 때도 있었고, 뭔가 안 좋은 일이 있으면 서로에게 속상한 모습을 보일 때도 있었다. 하지만 삼촌과 루드밀라처럼 서로 소리를 지르거나 할 정도로 크게 다툰 적은 단 한 번도 없었다.

"저희 부모님은 그러지 않아요."

"그래?" 삼촌이 신기하다는 듯 펠릭스를 바라봤다. "네가 몰라서 그렇지 가끔은 다투실 거야. 다들 그러거든."

펠릭스는 다시 한 번 부모님이 말다툼했던 일이 있었는지 기억을 더듬어봤다.

"한 번 있었어요. 3년 전쯤이었던 것 같아요. 아빠가 엄마한테 뽀뽀를 안 하고 출근하는 바람에 엄마가 화가 많이 났었어요."

컵을 식기세척기에 넣던 삼촌이 동작을 멈추고 펠릭스를 봤다.

"부모님이 다툰 게 한 번 있었는데, 그게 3년 전이라는 거니?"

"엄밀히 말하면 다툰 건 아니었어요. 하지만 엄마가 많이 화가 났어요."

"그래서 어떻게 됐는데?"

"음, 아빠가 집에 돌아와서 미안하다고 하셨어요. 그런 다음 현관문에 다시는 잊지 않게 메모를 붙여두셨어요."

"그게 다야? 다퉜다는 일이?"

"그 당시엔 정말 심각했어요."

"그리고 그게 3년 전 일이고?"

"음… 네, 맞아요."

삼촌이 식기세척기 문을 닫고 일어섰다. 약간 혼란스러운 표정이었다.

"어떻게 그럴 수 있는지 모르겠구나."

"원하신다면 물어봐드릴 수 있어요."

"그건… 좋은 생각이 아닌 것 같다." 삼촌이 생각에 잠긴 채 목덜미를 문질렀다. "하지만 비결이 뭔지 정말 궁금하긴 하구나." 그러고는 한숨을 내쉬었다. "어쩌면 비결 같은 건 없을지도 모르지. 다시 태어나야 해결될 문제인 것 같기도 하고. 잘 모르겠다. 정말… 모르겠어."

137

펠릭스는 나중에 생각해봐도 자기가 그다음 말을 왜 했는지 알 수 없었다. 거의 무의식중에 나온 말이었다.

"어떻게 해야 할지 모를 땐 그걸 잘 아는 사람을 찾아가야 해요."

삼촌이 고개를 들어 펠릭스를 바라봤다. 펠릭스는 삼촌한테 무례한 말을 한 것 같아 걱정됐다.

"죄송해요. 저는 그저…."

"아냐, 아냐. 네 말이 맞아. 아마 그런 것에 대해 잘 아는 사람들이 있을 거야. 내가 그 생각을 못 했어…."

삼촌의 목소리가 차츰 잦아들더니 시선이 먼 곳 어딘가를 향했다. 모 엄마가 와서 이제 돌아갈 시간이 되었다고, 수영장을 쓰게 해줘서 고맙다고 말하는데도 삼촌은 계속 먼 곳을 보고 있었다.

이틀 뒤, 루퍼스 삼촌이 펠릭스네 집에 들렀다. 모두프린트에서 약속한 대로 카드 4만 장을 제대로 인쇄해 보내줬는지, 그리고 펠릭스네 집에 4만 장의 카드를 보관할 장소가 있는지 확인하기 위해서였다.

"혹시 보관할 데가 마땅치 않으면 우리 집에 갖다 놔도 돼."

"고맙습니다. 하지만 괜찮아요. 절반 정도는 모가 가져갔거든요. 손님방에 두면 된대요."

"카드는 어때? 잘 나왔니?"

"정말 끝내줘요."

펠릭스가 삼촌한테 보여주려고 몇 장 가져오려는데, 엄마가 나타났다. 그리고 삼촌이 집에 들를 때면 늘 그러듯 함께 저녁 식사를 하는 게 어떠냐고 물었고, 삼촌도 늘 그러듯 고맙다고, 함께 먹겠다고 했다.

여러모로 아주 평범한 저녁 식사였다. 모두가 둘러앉아 농담도 하고 각자의 새로운 소식도 전했다. 펠릭스는 새로 인쇄한 카드를 나눠줬고, 모두가 그걸 보고 감탄했다. 카르보나라 스파게티를 준비한 윌리엄 형은 카르보나라 맛의 비결은 좋은 페코리노 로마노 치즈를 사용하는 것이라는 내용으로 짧은 강연을 했다. 엄마는 병원에서 만난 한 여자에 대한 이야기를 했는데, 그녀는 딸이 키우는 햄스터를 치료하느라 말 그대로 몇 십만 원이나 썼다고 한다. 그리고 아빠는 그날 아침, 바람을 맞아 휘어진 떡갈나무를 베어내던 중에 생긴 일을 이야기했다. 숲 밖으로 나가라는 경고를 무시하고 개를 산책시키던 두 사람이 하마터면 죽을 뻔했다고.

펠릭스는 문득 삼촌이 평소보다 말이 없다는 걸 깨달았다. 대신 이틀 전, 식기세척기 옆에 서 있을 때와 똑같이 혼란스러운 표정을 지으며 테이블에 둘러앉은 식구들을 하나하나 바라보고만 있었다.

헤어질 시간이 되자, 삼촌은 윌리엄한테 잘 먹었다고 인사하고 펠릭스에겐 다시 한 번 신상품 출시를 축하해줬다. 펠릭스 부모님에게도 작별 인사를 했다. 그런 다음 현관 밖으로 나가려던 삼촌이 문 앞에 잠시 멈춰 서더니, 손을 뻗어 문틀에 핀으로 고정해둔 빛바랜 카드를 만져봤다. 그 카드에는 이렇게 쓰여 있었다.

로이스한테 키스하고 나갈 것.

펠릭스 아빠가 그 모습을 보고 민망한 듯 웃었다.

"그게 사연이 좀 있어."

"응, 알아." 삼촌이 말했다. "펠릭스가 말해줬거든."

그러고는 뒤도 돌아보지 않고 세워둔 차를 향해 걸어갔다.

19
경영학 특강

새 카드는 8월 말에 출시되었고, 출시하자마자 판매가 급증했다. 네드와 모는 신상품 출시를 맞이하여 웹사이트 개편 작업을 훌륭히 해냈다. 신상품 사진만 올린 게 아니라 웹사이트 전체를 새롭게 바꿨다. 두 사람은 모가 디자인했던 5F반 카드 속 캐릭터 중 둘을 골라 웹사이트 페이지 안에서 살아 움직이게 만들었다. 이제 웹사이트 화면을 클릭하면 캐릭터 하나가 화면 끝에서 종종걸음으로 걸어 나와 한 손으로는 바지춤을 잡은 채 다른 한 손을 흔들며 인사했다. 그리고 반대편 끝에서는 여자애 캐릭터가 나와서 순박하게 함박웃음을 지었다. 이 캐릭터들은 화면을 넘길 때마다 등장하여 비슷한 행동을 했는데, 펠릭스는 이걸 볼 때마다 절로 미소가 나왔다.

출시 후 첫 주에는 350건의 주문이 들어왔다(그중 신상품 주문은 162건이었다). 그리고 출시 후 한 달간 총주문량은 1,204건이었다. 루퍼스 삼촌은 한 달 판매액이 1,200만 원 이상이면 소규모 기업으로서는 꽤 만족스러운 성과라고 했다. 이로써 400만 원을 들여 카드 인쇄를 전문 업체에 맡긴 건 타당한 결정이었음이 입증되었다.

카드마트의 성공에 관한 소문이 퍼지는 건 당연한 일이었다. 물론 네 명의 동업자는 여기저기 사업 이야기를 떠들고 다닐 친구들이 아니었다. 하지만 이들의 사업에 관한 일은 영원히 비밀로 할 수 있는 성질의 것이 아니었다. 모나 네드의 입에서 나왔든, 동업자 가족들이 나눈 이야기가 주변 친구들에게 전달되었든 간에 열네 살짜리 아이 네 명이 인터넷에 회사를 차려서 돈을 꽤 벌었더라는 소문은 날이 갈수록 점점 퍼져나갔다.

결국 9월 하순의 어느 날 지역신문사에서 전화가 왔고, 얼마 지나지 않아 지역신문에 '성공한 꿈나무 사업가들'이라는 머리기사가 실렸다. 이 기사를 계기로 많은 사람들이 카드마트에 대해 알게 되었다.

학교에서 나타난 반응은 펠릭스의 예상과는 조금 달랐다. 친구들은 대부분 무척 놀라워했다. 그리고 (펠릭스는 사람들이 물어볼 때마다 그렇게 돈을 많이 번 건 아니라는 식으로 말하려 노력했지만) 부러워하는 친구들도 있었다. 펠릭스가 그 모든 일을 어떤 식으로 해냈는지 궁금해하는 친구들도 있었다.

하지만 이상한 점(펠릭스도 이 사실을 깨닫기까지 시간이 좀 걸렸다)이 있었다. 선생님들은 펠릭스의 사업에 대해 전혀 언급하지 않는다는 것이었다. 보통, 학교는 학생들이 이룬 성과를 칭찬하는 일에 매우 적극적이라는 점을 생각하면 정말 이상한 일이 아닐 수 없었다. 펠릭스와 같은 학년인 어떤 친구는 남부 지역 유도 팀에 들어가게 된 일로 조회 시간에 단상에 올라가 모두의 박수를 받았다. 운동을 잘하거나 미술, 음악을 잘하는 친구들은 누구나 그렇게 단상에 올라 자기가 이룬 성과에 대해 정식으로 칭찬을 받았다. 하지만 어찌 된 일인지 회사를 설립해서 축하 카드를 수천 장 판매한 것은 칭찬하고 축하할 일이 아닌 모양이었다.

선생님이 펠릭스한테 사업 이야기를 꺼낸 적이 딱 한 번 있었다. 어느 날, 호리호리한 몸집에 날카로운 인상을 가진 롤링스 교감선생님이 펠릭스를 교감실로 불렀다. 교감선생님 책상에는 펠릭스의 기사가 실린 지역신문이 한 부 놓여 있었다. 교감선생님은 교내에서 이뤄지는 상업 활동은 무엇이 됐든 명백한 교칙 위반이라는 사실을 다시 한 번 알려주려고 불렀다고 했다. 그리고 펠릭스 부모님에게도 편지를 보내, 학교는 학업에 지장을 주는 어떤 일도 간과하지 않겠다는 사실을 알리면서 성실한 학교 출석은 법적 의무라는 점을 다시 한 번 확인시켜줬다. 모, 네드, 엘리메이의 집에도 같은 편지가 전달되었다.

펠릭스한테 주의를 주는 교감선생님의 목소리에는 분명 펠릭스의 행동에 대한 못마땅함이 담겨 있었다. 회사 같은 것을 차릴 바에는 학업에나 집중하라는 듯한 말투였다. 펠릭스는 혼란스러웠다. 학교에서는 학생이 신문 배달을 하든, 토요일에 가게에서 아르바이트를 하든 상관하지 않았다. 또 하루에 세 시간씩 피아노를 연습하든, 축구 연습을 하든, 과학 책을 읽든, 그걸 탐탁지 않게 생각하는 사람은 없었다. 그런데 사업은 대체 뭐가 다른 것일까? 어째서 그것들과 똑같은 대우를 받지 못하는 것일까?

상황이 이렇다 보니, 사업 경영을 다른 활동과 똑같이 생각해 주는 선생님을 만났을 땐 깜짝 선물이라도 받은 기분이었다. 어느 날, 펠릭스가 점심시간에 식당을 나오는데 작은 키에 다부진 체격을 가진 한 남자가 밝은 미소를 지으며 다가왔다.

"네가 펠릭스 파머니?" 남자가 말했다. "난 톰 휴스라고 해. 식스폼 칼리지(영국에서 대학 예비 과정이라고 볼 수 있는 중등학교 6학년 과정. 16세부터 18세의 학생들이 다닌다:옮긴이)에서 경제학과 경영학을 가르친단다. 잠깐 얘기 좀 나눌 수 있을까?"

화창한 하늘 아래, 두 사람은 교무실 바깥에 있는 벤치에 앉았다. 휴스 선생님이 주머니에서 카드마트에서 판매하는 카드를 한 세트 꺼냈다.

"일주일 전에 네가 파는 카드를 좀 주문했거든."

"카드에 문제가 있는 건 아니죠?"

"아무 문제도 없어. 그리고 정확히 약속한 날짜에 도착했지. 아내가 카드를 보더니 정말 잘 샀다고 하더구나. 나도 아주 훌륭한 카드라고 생각해." 휴스 선생님이 펠릭스를 바라보며 미소 지었다. "정말 네가 스스로 이 사업을 시작한 거니?"

펠릭스가 정말 자기 아이디어로 사업을 시작했다고 하자, 휴스 선생님은 이 사업이 정확히 어떻게 시작되었는지, 처음엔 어떻게 카드를 팔았는지, 그리고 어떻게 동업자들이 모이게 되었는지 등에 대해 질문했다. 특히 부모님도 모르는 가운데 스스로 모든 업무를 처리한 이야기, 그리고 웹사이트를 도약의 발판으로 활용한 이야기에 대해 궁금해했다.

"정말 놀랍구나." 펠릭스가 이야기를 마치자 휴스 선생님이 말했다. "괜찮다면 내가 가르치는 경영학 수업에서 그 얘기를 좀 해줄 수 있겠니? 예상했겠지만 내가 수업 시간에 가장 많이 하는 얘기가 어떻게 창업할 것인가에 대한 거거든. 하지만 내 설명보다 실제로 창업한 사람의 얘기를 듣는 게 학생들 입장에서는 훨씬 더 흥미로울 거야."

식스폼 칼리지 학생들 앞에 서서 강연 같은 것을 한다니, 펠릭스는 뭔가 썩 내키지 않았다. 그래서 휴스 선생님에게 이런 뜻을 전했다.

"아냐, 아냐. 강연을 할 필요는 없어." 휴스 선생님이 펠릭스를 안심시켰다. "사실, 서 있을 필요도 없어. 그저 자리에 앉아서 내가 하는 질문에 대답만 해주면 돼. 조금 전 나한테 얘기해준 것처럼 말이야. 네 얘기를 무척 궁금해하는 학생들이 기다리고 있거든. 어때, 해보겠니?"

펠릭스는 그럼 좋다고, 해보겠다고 대답했다.

펠릭스가 참여할 식스폼 칼리지 수업은 한 달 뒤로 정해졌다. 그리고 드디어 수업 날이 되자, 한 반 학생이 아니라 식스폼 칼리지 전체 학생들이 거의 다 참석했다. 강당 좌석이 가득 찼고 늦게 온 학생들은 계단이나 복도에 앉았다.

"미안하지만 이 수업에 관심 있는 학생들이 너무 많아서 모두가 참여할 수 있는 공개수업으로 바꿨단다." 휴스 선생님이 말했다. "네 얘기를 듣고 싶어 하는 사람이 정말 많더구나."

휴스 선생님은 처음 만났을 때처럼 펠릭스한테 카드마트에 대해 질문하기 시작했고, 청중은 그 이야기를 열중해서 들었다. 전단을 잔뜩 뿌렸지만 아무런 주문 전화도 받지 못했을 때, 그리고 부모님이 처음 신발 상자에 가득한 돈을 보고 보였던 반응을 묘사할 때는 여기저기서 웃음이 터져 나왔다. 한편, 휴스 선생님이 펠릭스한테 회사 매출을 물었을 땐 다들 놀란 기색이 역력했다.

30분이 지난 후, 질의응답 시간이 되자 펠릭스한테 정말 많은 질문이 쏟아졌다. 대부분 성공의 비결이 무엇이라고 생각하는지, 사업으로 번 돈으로 무엇을 했는지, 앞으로의 계획은 무엇인지에 관한 것이었다. 하지만 특히 오래도록 펠릭스의 기억에 남은 질문이 하나 있었다. 수업이 거의 끝나갈 때쯤, 맨 앞줄에 있던 학생이 진지한 표정으로 던진 질문이었다.

"그저 돈만 벌면 되는 건가요?"

펠릭스는 처음에 그 말이 무슨 뜻인지 알지 못했다.

"무례하게 들렸다면 미안해요." 학생이 걱정되는 듯 휴스 선생님을 바라봤다. "하지만 사업의 목적은 돈을 버는 거잖아요. 당신 인생은 그것만으로도, 돈을 버는 것만으로 충분한가요? 그러면 그건… 가치 있는 삶일까요?"

펠릭스가 지금껏 한 번도 생각해본 적이 없는 문제였다. 그래서 그 질문에 대답하기 전, 잠시 생각을 해봐야 했다.

"저도 잘 모르겠어요." 마침내 펠릭스가 입을 뗐다. "하지만 분명히 말할 수 있는 건 저는 언제나 성공적인 사업가를 꿈꿨다는 거예요. 밴드 멤버가 되기를 꿈꾸거나 축구 선수, 혹은 텔레비전에 나오는 유명인이 되기를 바라는 사람들처럼요…. 그리고 그 꿈이 실제로 이뤄졌을 때, 정말 그렇게 됐을 때는 마치…." 펠릭스는 그때의 기분을 표현할 만한 단어를 찾느라 잠시 말을 멈췄다. "그건 단순히 돈의 문제가 아니에요. 이유는 모르겠지만 제가 지금까지 해온 그 어떤 일보다 뿌듯했어요."

"자, 아쉽지만 이제 수업을 마무리해야 할 것 같습니다." 휴스 선생님이 나섰다. "수업을 마무리하기에 앞서 마지막 질문에 대해 해주고 싶은 얘기가 있습니다. 제가 경영학 수업에서 종종 하는 얘기가 있습니다. 사업을 해서 돈을 버는 건 다른 일보다 가치가 없는 일이라는 이상한 신념을 가진 사람들이 많다는 것입니다. 사업이라는 것이 다른 직업들에 비해 존경받을 가치가 없다고 생각하는 사람들도 있습니다. 사실 이 세상은 사업가들과 그들이 창출한 부에 상당히 많은 부분을 의존하고 있는데도 말이죠."

그러고는 청중을 둘러봤다.

"우리가 이 학교에서 교육을 받을 수 있는 것도 사업가들이 창출한 부의 결과라는 점을 기억할 필요가 있습니다. 지금 입고 있는 옷, 우리가 먹는 음식도 어떤 면에서는 사업가들이 제공한 것이죠. 여러분이 읽는 책, 여러분이 보는 텔레비전, 그리고 영화를 보러 가는 극장도 모두 사업하는 사람들이 마련한 것입니다. 여러분이 학교를 졸업하면 대부분은 사업가들이 세운 회사에서 일자리를 찾게 될 겁니다. 또한 일자리를 얻지 못하거나 너무 나이가 들거나, 혹은 몸이 아픈 사람들은 연금이나 보조금을 받게 되죠. 그런 돈 역시 기업을 경영하는 사람들이 낸 세금에서 나오는 겁니다. 지금 이 자리에 있는 펠릭스 같은 사업가들이 낸 돈에서 말이에요."

그러고는 펠릭스 쪽으로 몸을 돌렸다.

"오늘 시간을 내서 창업과 미래 계획에 관한 얘기를 들려준 것에 대해 식스폼 칼리지를 대표해 고맙다는 말을 전하고 싶군요. 덕분에 정말 흥미진진한 시간을 보냈어요. 또 많은 생각을 할 수 있었고요."

휴스 선생님의 말이 끝나자마자 열정적인 박수가 터져 나왔다.

하지만 펠릭스는 휴스 선생님이 마지막으로 한 말이 계속 신경 쓰였다. 그래서 강당을 나서자마자 삼촌한테 전화했다.

"삼촌, 저는 세금을 안 내도 되나요?"

"음… 안 그래도 그 부분에 대해 얘기하려던 참이었다."

20
세금 납부

"돈을 버는 사람은 누구나, 얼마를 벌든, 번 돈의 일부를 정부에 내야 한단다." 삼촌이 말했다. "정부는 그 돈으로 병원과 학교를 짓고, 경찰들에게 월급을 주고, 군대도 보유할 수 있는 거야."

루퍼스 삼촌은 식탁 한쪽 끝에 앉아 있었고, 네 명의 동업자들은 약간 걱정스러운 표정으로 둘러앉아 있었다. 식당 안에 있는 다른 두 명의 어른(펠릭스 아빠와 엘리메이 할머니)도 다소 긴장한 모습이었다. 네드 아빠는 볼일이 있어서 참석하지 못했고, 펠릭스 엄마는 응급 호출을 받고 병원에 나갔다. 그리고 모 엄마는 배탈로 앓아누워 있었다.

"누구나 내야 한다고요?" 모가 물었다.

"거의 다 내야 하지." 삼촌이 표현을 바로잡았다. "1년 소득이 대략 730만 원에 못 미치면 세금을 내지 않아도 돼. 하지만 그 이상이 되면 번 돈의 일정 부분을 정부에 내야 하지. 그걸 소득세라고 한단다. 소득세는 돈을 많이 벌수록 더 많이 내야 해. 지금 내가 이 얘기를 해주는 이유는 사업이 이대로 유지된다면 너희들도 4월 이후에 소득세를 내야 할 게 분명하기 때문이야."

"어째서 4월이에요?" 네드가 물었다.

"회계 연도가 4월에 끝나거든. 정확히 말하면 4월 6일에 끝나지. 그때가 되면 지난 열두 달 동안 너희가 얼마를 벌었는지를 계산해서 신고해야 해. 그러면 정부에서 너희들이 얼마만큼의 세금을 내야 하는지 알려준단다."

"그럼 세금은 얼마나 될까요?" 펠릭스가 물었다.

"처음엔 25퍼센트에서 시작해. 너희가 번 돈의 4분의 1을 국세청에 내야 하지. 하지만 그 비율은 점점 올라갈 수 있단다. 너희가 돈을 많이 벌면 벌수록 더 많은 세금을 내야 해. 최대 40퍼센트까지 갈 수 있어."

펠릭스는 충격을 받았다. 병원 같은 것을 설립하는 데 보탬이 되는 건 괜찮았다. 하지만 번 돈에서 거의 절반을 포기해야 한다는 말은 좀… 불공평한 듯했다.

"안타깝게도 그게 끝이 아니야." 삼촌이 말을 이어갔다. "네가 하는 사업이 잘돼서 매년 일정 금액 이상 돈을 벌게 되면 부가가치세라는 것도 내야 해. 17.5퍼센트를 더 내야 하지. 다행히 올해는 부가가치세를 낼 필요가 없어. 하지만 이 회사가 계속 잘된다면… 또 모르지!"

네드가 손을 들었다. "만약 우리가 얼마나 벌었는지를 정부에 알려주지 않으면요? 그러니까, 만약 정부에서 알지 못한다면…."

"그런 생각은 아예 안 하는 게 좋아." 삼촌이 단호하게 말했다. "판단력이 있는 사람이라면 국세청과 마찰을 일으킬 만한 일은 하지 않을 거야. 만약 너희가 세금을 내지 않았다는 걸 국세청에서 알아낸다면(국세청에서는 그런 걸 잘 찾아낸단다) 너희는 엄청난 벌금을 물고 감옥에 가게 될 거야." 그러고는 펠릭스를 바라봤다. "네가 만난 경영학 선생님도 말씀하셨듯이 세금은 우리 모두에게 필요한 수많은 일에 쓰인단다. 돈을 많이 버는 사람은 그만큼 세금을 많이 내야 해. 그걸 낼 수 있다는 사실에 감사하렴."

"그럼 세금은 누가 내는 거예요?" 엘리메이가 물었다. "동업자 대표 이름으로 내는 건가요, 아니면 각자 내는 건가요?"

"좋은 질문이야." 삼촌이 엘리메이한테 미소를 지었다. "회계 연도가 끝날 때쯤 너희 동업자들이 지난 1년 동안 얼마나 벌었는지 신고해야 해. 그래서 영수증을 잘 보관하고 회계 기록을 정확히 해놔야 하는 거란다. 하지만 너희가 내야 할 세금은 개인별 소득에 따라 따로 산정되어 나온단다."

"하지만 우린 아직 성인이 아닌데도 세금을 내야 해요?" 모가 말했다. "제 말은, 세금을 내기엔 너무 어린 게 아닌가 해서요."

"안타깝지만 나이는 전혀 상관이 없단다. 돈을 버는 사람은 누구나 나이가 많든 적든 세금을 내야 해. 너희들처럼 어린 학생들도. 그러니, 미리 준비해둬야 해. 내 경험으로 미뤄보면, 버는 돈의 30퍼센트를 다른 계좌에 보관해두는 게 좋아. 그러면 세금을 내야 할 때 걱정하지 않아도 되지."

모두 침울한 표정을 지었지만, 삼촌이 안심시켜줬다.

"그렇다고 너무 걱정할 필요는 없단다. 엘리메이가 알려주는 이 달의 수입을 들어본다면 말이야!"

회의의 첫 번째 안건은, 늘 그렇듯이 엘리메이가 보고하는 지난달 월수입이었다. 그리고 언제나 이 소식은 동업자들을 신나게 만들었다. 11월에 펠릭스 할머니가 가지고 있는 사진들로 또 한 번 신상품을 출시했는데, 주문량이 다시 늘어나(지난달에는 판매량이 조금 떨어졌다) 이번 달 수입은 총 1,156만 원에 달했다.

"좋은 소식이 이게 다가 아닌 것 같은데. 그렇지, 모?" 삼촌이 모를 바라봤다. "이번 회의의 세 번째 안건은 모가 새 디자인을 완성했다는 소식이야. 맞지, 모?"

모가 얼굴을 약간 붉히면서 옆에 둔 파일을 꺼내 테이블 위에 펼쳤다.

"다들 마음에 들지 모르겠지만, 새로운 디자인 세트를 완성했어."

모는 5F반 캐릭터들로 그린 새 그림을 완성해 왔다. 펠릭스는 그 그림들이 대부분 몬머스 초등학교에서 실제로 일어났던 일을 토대로 그려졌다는 걸 알 수 있었다. 그림을 보고 있자니 그때의 기억들이 하나둘 떠올랐다. 배리가 데려온 페럿이 딜런(역시나)의 손을 물었던 장면을 그린 카드도 있었다. 도서관에서 벌어진 일이었는데, 어찌나 꽉 물었던지 수의사가 와서 페럿의 몸에 근이완제를 주사하고 나서야 겨우 딜런의 손에서 떼어낼 수 있었다.

펠릭스가 가장 마음에 든 카드는 운동장에서 바이킹족이 색슨족 마을을 공격한 모습을 재연하는 5F반 아이들 모습이었다. 부제는 이렇게 적혀 있었다.

5F반 아이들은 바이킹족의 습격을 주제로 역할극을 했고, 그것을 본 틴달 교장선생님은 이 약탈 장면이 초등학생들에겐 과한 수준이라고 생각했다.

펠릭스의 기억으로는 실제로 교장선생님이 이와 거의 똑같은 말을 했었다. 카드 그림에서도 유난히 열정 넘치는 바이킹족 일당이 예쁜 사마르를 자기들 보트에 옮겨 싣고 있었고, 그 모습을 바라보는 교장선생님 얼굴에는 못마땅한 기색이 역력했다.

"정말 훌륭해." 삼촌이 카드를 보며 말했다. "또 한 번의 성공작이로구나, 모! 정말 잘했다!"

그곳에 모인 사람들 모두가 그 말에 동의했다.

새로 디자인한 카드는 몇 장이나 인쇄를 맡겨야 할지, 그리고 언제 출시하는 게 좋을지에 관한 논의가 이어졌고, 결국 크리스마스가 지난 뒤 바로 출시하기로 결론이 났다. 그다음으로는 원래 판매 중이던 카드들 가운데 어떤 것을 더 인쇄할 것인지도 이야기를 나눴다. 논의 결과, 펠릭스는 모두프린트에 500만 원어치를 주문할 것을 제안했고 투표에서 만장일치로 통과되었다.

세금을 내야 한다는 소식을 들었는데도, 회의는 무척이나 즐거웠다.

회의가 끝나자, 펠릭스 엄마가 루퍼스 삼촌에게 함께 저녁 식사를 하자고 했다. 하지만 삼촌은 이번엔 좀 힘들겠다고 했다.

"오늘은 루드밀라와 함께 저녁을 먹으러 뒤뱅 호텔에 가기로 했어요."

"지금요?" 펠릭스 엄마는 놀랐다. 뒤뱅 호텔의 레스토랑은 굉장히 고급스러운 곳이었다. "특별한 날이군요, 그렇죠?"

"그렇다고 볼 수 있죠." 삼촌은 조금 부끄러운 듯했다. "어제 루드밀라한테 청혼을 했거든요. 루드밀라는 청혼을 받아들였고요. 그래서 오늘 밤에 함께 축하하기로 했어요."

"이야, 정말 좋은 소식이네요! 축하해요! 루드밀라는 정말 좋은 사람이에요. 두 사람이 함께라면 분명 행복할 거예요."

"우리가 만약 행복하게 살지 못하면…" 삼촌이 현관문을 열며 말했다. "다 펠릭스 탓이에요. 펠릭스가 책임져야 해요."

그러고는 손을 흔들어주고 자기 차로 걸어갔다.

"펠릭스 탓이라고?" 엄마가 삼촌의 뒷모습을 가만히 바라보다가 펠릭스 쪽으로 몸을 돌렸다. "어째서 삼촌이 네 탓이라고 하는 거니?"

하지만 펠릭스도 삼촌이 어째서, 무슨 뜻으로 그렇게 말했는지 알지 못했다.

전혀 알 수가 없었다.

21
대변과 차변

신상품은 새해가 되자마자 판매하기로 결정했다. 펠릭스는 이에 대비해 꼼꼼하게 출시 준비를 해뒀다. 네드는 웹사이트를 새롭게 바꾸어 고객들이 신상품을 구매할 수 있도록 준비했고, 모는 홈페이지에 게시할 배너 광고를 만들었다. 배너에는 여러 차례의 수상 경력이 있는 디자이너 모 번리의 카드가 곧 출시될 예정이라고 적었다.

펠릭스는 이메일 목록에 있는 모든 고객에게 메일을 보내 신상품 출시 일자를 알렸다.

결과는 만족스러웠다. 카드 판매가 급증하여 출시 첫날에 142건의 주문이 들어왔고(덕분에 윌리엄 형이 눈코 뜰 새 없이 바빴다) 주말까지 319건의 주문이 더 들어왔다. 일요일 오후, 펠릭스는 이 소식을 전하러 모를 찾아갔다. 모는 손님용 방에 있었는데, 그 방은 이제 모의 전용 작업실로 사용되고 있었다.

한쪽 벽을 메운 새 선반과 서랍에는 종이와 물감, 펜과 잉크가 가득했다. 창문 앞에는 새로 산 드로잉 책상과 의자가 놓여 있었고, 맞은편에는 원래 있던 침대 대신 소파가 놓여 있었다.

펠릭스가 방으로 들어가자, 책상에서 작업에 열중하던 모가 재빨리 그림을 가렸다.

"주문이 461건이나 들어왔다고?" 펠릭스의 말을 듣고 모가 물었다. "그럼 도대체 얼마야? 내 말은, 내가 받게 될 돈 말이야."

"음… 다 합해서 460만 원이 좀 넘고 넌 그중 32.5퍼센트를 받으니까… 150만 원 정도 받게 되겠지."

"이야…" 모가 미소를 지었다. "일주일에 150만 원이라니!"

펠릭스는 소파에 앉아 새로 산 가구와 미술 용품이 가득한 선반을 둘러봤다. 모가 번 돈을 다 어디에 썼는지는 듣지 않아도 알 수 있었다. 지난가을에는 모 엄마가 모한테, 앞으로 물건을 사려면 반드시 허락을 먼저 받으라고 하는 바람에 심각한 말다툼이 벌어진 적이 있었다. 그때 루퍼스 삼촌이 타협안을 제시했다(모 엄마가 중재를 요청했다). 결국 두 사람은 앞으로 모가 버는 돈을 3등분해서 3분의 1은 세금을 위해 떼어두고, 3분의 1은 저축을 하고, 나머지 3분의 1은 모가 원하는 곳에 쓰기로 합의했다. 펠릭스가 보기엔 그렇게 해도 모가 원하는 물건을 거의 다 살 수 있을 것 같았다.

"그럼 네 몫은 얼마야?" 모가 소파로 다가와 펠릭스 옆에 앉으며 물었다.

"이번 주에 번 돈에서? 난 아마 200만 원쯤 될 거야."

"넌 그 돈을 아무 데도 쓰지 않을 거지? 그냥 저축만 할 거잖아. 앞으로도 전부 다."

"아마도." 펠릭스도 그 말에 동의했다. "당장 그 돈으로 하고 싶은 게 딱히 없거든. 하지만 루퍼스 삼촌이 내 돈을 투자할 만한 곳을 알아봐주겠다고 하셨어."

"넌 정말 엄청난 부자가 되겠구나!" 모가 소파에 등을 기대며 말했다. "안 봐도 훤해. 넌 나중에 분명 대기업 사장이 돼서 떼돈을 버는 거물이 될 거야."

"글쎄…."

"너, 결혼은 할 거니? 물론, 지금 당장 할 거냐는 게 아니고, 그러니까… 언젠가는 말이야."

"음… 잘 모르겠어." 가끔은 모의 이런 의식의 흐름을 도저히 따라가기 힘들 때가 있었다. "아마 하겠지. 언젠가는. 그런데 왜?"

"음, 만약에 네가 실제로 엄청난 부자가 됐을 때 결혼을 해야겠는 생각이 든다면… 나한테 알려줘. 그럼 그때 내가 누굴 만나고 있든 당장 차버릴게. 그다음엔 나랑 결혼해도 돼. 알았지?"

"이렇게까지 나를 생각해주다니, 고마워."

1월 말에 열린 동업자 회의에서 엘리메이는 그달 총매출이 1,544만 원이라고 발표했다. 하지만 이 기쁜 소식보다 더 중요한 일이 있었다. 동업자들은 지금의 현금 결제 방식을 신용카드와 체크카드 결제 방식으로 전환할 것인지를 결정해야 했다.

루퍼스 삼촌은 얼마 전부터 넌지시 이런 이야기를 꺼냈다. 삼촌은 카드 결제로 전환하면 비용이 조금 들긴 하지만 시간과 노력을 훨씬 줄일 수 있다고 몇 차례 이야기했다. 무엇보다 카드를 구매하고 돈을 내지 않는 사람이 없을 테니, 누가 돈을 냈는지 안 냈는지를 확인하고 독촉장을 보낼 필요도 없다는 것이었다.

펠릭스는 이렇게 되면 날마다 현관문 앞에서 만 원짜리 지폐가 든 갈색 봉투를 볼 수 없다고 생각하니 조금 서운했다. 펠릭스는 침대 밑 상자 안에 지폐를 모아두는 게(은행에 넣기 전에 그 돈을 눈으로 보고 손으로 만지는 게) 좋았다. 하지만 삼촌 말대로 카드 결제 방식을 택하면 회사 업무가 훨씬 수월해질 것은 분명했다. 결국 이런 변화는 만장일치로 통과되었다.

하지만 카드마트의 새로운 변화는 예상치 못한 중대한 결과를 가져왔다. 사실 요즘 펠릭스의 형, 윌리엄은 만족스러운 일상을 이어가고 있었다. 카드마트 일을 하면서 형은 충분한 돈을 벌 수 있게 된 동시에 자기가 좋아하는 요리를 할 시간도 많이 생겼다. 최근에는 우쿨렐레 오케스트라에 입단해 일주일에 사흘은 저녁에 모여 연습하고, 주말에는 도시 곳곳에서 공연을 했다. 그러던 어느 날, 형의 이런 여유로운 생활에 위기가 닥쳤다.

카드 인쇄를 인쇄 전문 회사에 맡기면서 이미 윌리엄 형이 하는 일이 많이 줄어든 상태였다. 그런데 결제 방식마저 카드 결제 시스템으로 바뀌면서 형의 일은 그보다 훨씬 더 줄었다. 이제 갈색 봉투를 열어서 돈을 세고, 누가 보낸 것인지 체크할 필요도 없었다. 주문이 들어오면 이미 완성된 카드를 꺼내 안전 봉투에 넣은 다음, 미리 뽑아둔 주소 라벨과 우표를 붙여 우체국에 가져다주면 끝이었다. 한 시간도 안 되어 그날 일이 다 끝날 때도 많았다. 일한 시간만큼 급여를 받기 때문에 매주 형이 받는 돈은 급격히 줄어들었다.

"형이 할 만한 일이 더 없는지 생각 중이에요."

"이를테면 어떤 일 말이니?" 삼촌이 물었다.

"저도 모르겠어요. 하지만 형이 할 일을 좀 더 찾을 수 있지 않을까요? 형에겐 돈이 필요해요."

"만약 형한테 돈이 필요하다면 형의 일거리는 네가 아니라 형이 찾아야 하는 거야. 윌리엄은 이제 다 컸어. 그러니 돈을 더 벌고 싶다면 형이 직접 나서서 일자리를 찾아야지."

이틀 뒤, 펠릭스는 형이 이미 직접 일을 찾아 나섰다는 걸 알게 되었다. 우쿨렐레 오케스트라의 한 여자 단원이 일하는 작은 빵집이 있는데, 빵을 도맡아 만들던 빵집 주인이 얼마 전 심근경색 진단을 받았다고 한다. 그래서 빵집 주인은 자기를 도와 힘든 일을 해줄 젊고 건장한 사람을 찾고 있었고, 마침 그 말을 들은 여자 단원이 형한테 그 일을 해볼 생각이 있는지 물었다고 한다.

"그래서 그 빵집에 가서 사장님을 만나봤어." 형이 말했다. "사장님이 함께 일해보자고 하더라. 하지만 걱정 마. 거기서 일해도 네가 맡긴 일은 모두 해줄 수 있으니까. 빵집 일이 오후 두 시면 끝나거든. 너만 괜찮다면 그때 돌아와서 카드마트 업무를 처리해 줄게."

"잘됐네. 일은 언제부터 시작해?"

"월요일. 그런데 추천서가 두 통 필요해. 그리고 그중 하나는 먼저 일하던 곳에서 작성해줘야 한대."

"공장 말하는 거야?"

"아니, 너 말하는 거야. 네가 지금 내 사장님이잖아. 오늘 써줬으면 좋겠어. 부탁할게. 내일 가져가기로 했거든."

펠릭스는 추천서가 뭔지, 어떻게 쓰는 건지 전혀 몰랐다. 그래서 삼촌한테 전화했다.

"형이 카드마트 업무를 할 때 정말 성실하게 일했니?" 삼촌이 물었다.

"네, 아주 성실하게요."

"형은 믿고 일을 맡길 만한 사람이니? 약속 시간을 잘 지키고 하기로 한 일은 꼭 해냈니?"

"언제나 그랬죠."

"그럼 돈을 들고 도주하거나 하는 일은 없을 거라고 확신할 수 있니? 그리고 물건을 훔치거나 하지도 않을 거라고 확신해?"

"물론이죠. 형은 절대 안 그래요!"

"그런 내용을 쓰면 된단다."

그래서 펠릭스는 윌리엄 형이 일 처리가 확실하고 성실하며 믿을 만한 사람이라는 내용으로 짧은 글을 썼다. 그리고 형은 그다음 월요일부터 빵집에 출근하기 시작했다. 형의 하루는 아침 다섯 시에 시작되었다. 빵집에서의 일은 힘을 많이 써야 하고 쉴 새 없이 바빴다. 사람들이 기꺼이 하려고 할 만한 일은 분명 아니었지만, 형은 그 일을 좋아했다.

형은 매일 두 시가 조금 넘으면 집에 왔는데, 보통 손에 빵이나 케이크를 들고 오곤 했다. 그리고 저녁(여전히 형이 저녁을 준비했다) 시간에는 가족들한테 그날 일하면서 배운 것들을 열정적으로 설명했다.

펠릭스는 요즘 형이 그 어느 때보다도 즐겁고 행복해 보인다고 생각했다.

22
연례 평가

    2월 말에 열린 동업자 회의에서 엘리메이가 보고한 바에 따르면, 지난 4주간 총 1만 140장의 카드가 팔렸다. 지난달에 비하면 판매량이 다소 줄었지만 펠릭스도 어느 정도 예상한 일이었다. 지난달에는 모가 디자인한 신상품이 출시되면서 일시적으로 판매량이 급증했기 때문이다. 3월에도 판매량이 소폭 감소했지만 (총수입은 900만 원이 조금 넘었다) 할아버지가 찍어둔 사진으로 또 한 번 신상품을 출시한 4월에는 다시 판매량이 증가했다.

    4월 말에 열린 동업자 회의에서 엘리메이는 한 달 수입 보고서와 함께 연례 재무 보고서를 준비했다. 루퍼스 삼촌의 말대로 세금 문제 때문이었다. 연례 재무 보고서에 따르면 4월 6일까지 1년간 카드마트에서 모두 7만 2,410장의 카드를 팔았고, 지출을 제외한 이익은 5,389만 4,470원이었다. 모두 함께 연례 보고를 듣고 난 뒤, 루퍼스 삼촌이 훌륭한 성과를 이룬 동업자들 모두를 축하

하기 위해 짧은 발언을 했다.

"펠릭스가 1년 전 우리 집에 왔던 날이 기억납니다. 그때 카드 마트 사업을 시작하게 된 이야기를 들려줬죠. 모의 멋진 카드를 팔아보기로 결심한 이야기, 네드한테 웹사이트를 부탁하고 엘리메이한테 회계 업무를 맡기게 된 이야기까지 말입니다. 그때 저는 여기 있는 동업자 친구들이 한 일을 듣고 꽤 놀랐었죠. 그리고 이 자리에서 지금까지 여러분이 이뤄온 성과를 직접 확인함과 동시에 이렇게 성장한 모습, 자신감 넘치는 모습을 지켜보고 있자니 그 어느 때보다 마음이 뿌듯합니다! 여러분의 사업은 세상에서 가장 멋진 모험이었고, 그 모험을 함께할 수 있었기에 무척 영광스럽습니다. 1년 전 여러분에게 축하 인사를 했었는데, 오늘 이 자리에서 다시 한 번 축하를 보냅니다. 잘했습니다, 여러분! 정말 잘했어요."

삼촌은 돌아오는 토요일로 예정된 자기 결혼식에 잊지 말고 참석해주길 진심으로 바란다는 말을 끝으로 발언을 마쳤다.

네 명의 카드마트 동업자는 물론, 부모님들과 엘리메이 할머니도 모두 루퍼스 삼촌의 결혼식에 초대받았다.

삼촌의 결혼식은 어떤 기준으로 봐도 굉장히 특별한 이벤트였다. 시내에 있는 세인트 피터스 성당(루드밀라는 가톨릭 신자였다)에서 결혼식을 마친 뒤, 모두가 루퍼스 삼촌 집으로 갔다. 삼촌 집의 호수 앞 잔디밭 위에는 대형 천막 세 개가 세워져 있었다.

그 천막들 중 하나는 엄청나게 커서 손님 몇 백 명이 함께 앉아 식사할 수 있을 정도였다. 또 다른 천막에서는 밴드의 연주에 맞춰 누구나 춤을 출 수 있었다. 마지막 천막에는 유원지에서 빌려 온 범퍼카 열두 대가 마련되어 있었다.

수영하고 싶은 사람은 수영장을 이용할 수 있었고, 호수에서는 노 젓는 배, 카누, 페달 보트 같은 것을 탈 수 있었다. 호수 주변에는 가슴에 '안전 요원'이라고 써 붙인 젊은 남자들이 미소를 띤 채 적당한 거리를 두고 서 있었다. 피로연의 시작부터 끝까지 여러 명의 웨이터와 웨이트리스가 돌아다니며 음료가 부족한 사람은 없는지 확인했고, 사진사 몇 명이 이 모든 장면을 기록했다.

신랑 들러리는 펠릭스 아빠였다(펠릭스는 엄마가 이렇게 중얼거리는 걸 들은 적이 있었다. "이번엔 절대 들러리가 빠지면 안 돼.") 아빠는 결혼식 축사에서 루퍼스 삼촌의 어린 시절 이야기를 몇 가지 언급하긴 했지만, 대부분은 동생의 성공이 얼마나 자랑스러운지, 그리고 루드밀라처럼 아름답고 현명한 사람과 결혼한다는 소식에 얼마나 기뻤는지를 이야기했다.

즐거운 시간이었다. 그런데 펠릭스한테 가장 기억에 남는 일은 저녁 식사와 함께 모든 축사 및 답사가 끝난 뒤에 일어났다. 펠릭스가 수영장 앞에 서서(거기서 모를 만나기로 했기 때문에) 호수 쪽을 건너다보고 있을 때였다. 천막 주위를 오가는 수백 명의 손님 사이에서 여전히 웨딩드레스를 입고 있는 루드밀라 숙모가 펠릭스 쪽으로 다가오는 게 보였다. 숙모의 웨딩드레스는 펠릭스가 지금까지 본 것 중 가장 짧았다.

"여기 있었구나, 펠릭스. 너한테 줄 선물이 있어."

루드밀라 숙모가 이렇게 말하더니, 은색 종이로 정성껏 포장한 물건을 하나 내밀었다. 펠릭스가 펼쳐 보니 그것은 아름다운 액자에 담긴 모의 그림이었다. 고층 건물에 있는 고급스러운 사무실 정경이 그려져 있었는데, 펠릭스는 그 사무실의 거대한 책상 앞에 앉아 전화기에 대고 뭐라고 외치고 있었고, 펠릭스의 부하 직원으로 보이는 사람들(한눈에 봐도 네드와 엘리메이, 그리고 모였다)은 펠릭스의 지시에 따르느라 사무실 안을 분주히 돌아다니고 있었다.

"마음에 들었으면 좋겠어." 숙모가 말했다. "고마움의 표시로 너한테 뭔가 선물을 하고 싶었거든."

"정말 멋져요. 그런데… 뭐가 고마운 거죠?"

"전부 다….". 숙모가 팔을 들어 잔디밭, 호수, 그리고 거기 있는 사람들을 모두 그러모으는 듯한 몸짓을 했다. "너도 알다시피 네가 아니었으면 이 모든 일은 일어나지 않았을 거야."

"제가 안다고요?"

"루퍼스한테 얘기한 사람이 바로 너잖아. 내 생각에 루퍼스한테 그렇게 말할 수 있는 사람은 너밖에 없을 거야. 다른 사람이 말했으면 절대 듣지 않았을걸? 정말 고마워."

숙모는 이렇게 말하면서 몸을 숙여 펠릭스의 볼에 뽀뽀했다.

"네 얼굴에 립스틱 묻었어." 몇 분 후 그 자리에 도착한 모가 못마땅한 표정으로 말했다. "기다려봐." 그러고는 손수건을 꺼내 물에 적신 다음, 펠릭스의 볼을 문질러 닦았다.

"루드밀라 숙모는 삼촌이 결혼을 결심하게 한 사람이 나라고 생각하나 봐."

"응, 나도 알아. 네가 그런 거 맞잖아."

"아냐, 난 안 그랬어! 난 삼촌한테 아무 말도 안 했다구!"

"아니, 네가 그런 거 맞아. 직접 말을 했다기보단 어떤 의미에서는 그렇다는 거야."

모와 펠릭스는 함께 잔디밭 위에 앉았다.

"여름에 여기 수영하러 왔던 날, 네가 두 분이 다투는 모습을 봤던 거 기억해? 네가 그때 삼촌한테 전문가의 조언을 받아보는 게 좋겠다고 말했잖아."

펠릭스도 그날 일은 분명히 기억났다. 그런데… '전문가의 조언을 받아보는 게 좋겠다고' 말했던가? 정확히 그렇게 말하려 했던 건 아니지만, 아마도….

"네 말을 듣고 너희 삼촌은 정말로 상담을 받으러 갔어." 모가 말을 이었다. "그러면서 너희 삼촌과 루드밀라는 서로에게 바라는 게 뭔지 진솔한 대화를 하기 시작했지. 그리고 너희 삼촌은, 결혼을 하고 아이도 갖는 게 루드밀라가 진심으로 바라는 일이라는 걸 알게 됐어."

"그럼 그때 숙모가 속상해했던 것도 그 때문인 거야?"

"음, 그런 부분이 컸겠지."

펠릭스는 모를 가만히 바라봤다.

"넌 이런 걸 어떻게 다 알고 있는 거야?"

모는 어깨를 살짝 으쓱해 보일 뿐 대답은 하지 않았다. 대신에 펠릭스가 들고 있는 그림을 가리켰다.

"마음에 들어?"

"정말 훌륭해. 숙모가 그림 값을 주셨어?"

"음, 난 그냥 그려주려고 했는데…."

"얼마 받았어?"

"25만 원. 처음에 너희 숙모는 50만 원을 주려고 하셨어. 하지만 결국 25만 원으로 합의했지."

펠릭스는 감탄하며 모를 바라봤다. 지난 1년 동안 모가 참 많이 변했다고 생각했다. 아빠가 떠난 후 모가 얼마나 조용하고 내향적인 사람이 되었는지, 그리고 엄마의 우울증을 감당해내느라 얼마나 힘든 시간을 보냈는지 펠릭스는 잘 알았다. 하지만 지금은 어떤가. 자기가 디자인한 카드가 전국으로 팔리고 있고, 루드밀라 숙모한테 직접 그린 그림을 주고 작품료로 25만 원을 받았다. 이런 상황이라면 그 누구라도 자신감이 생길 수밖에 없을 것이다.

마침, 호수 옆에서 정장을 입은 중년 남자와 진지한 대화를 나누고 있는 네드의 모습을 바라본 펠릭스는 이게 비단 모에게만 국한된 일은 아니라고 생각했다. 네드는 이제 자기 회사도 운영하고 있었다. 웹사이트를 만들어주는 회사로, 민친 씨가 네드한테 모두프린트의 웹사이트를 만들어달라고 부탁하면서 본격적으로 일을 시작했다. 당시 모든 회사들이 인터넷이라는 새로운 방식의 필요성을 깨닫기 시작했지만, 그것을 사업에 활용할 능력을 갖춘 사람은 턱없이 부족했다. 나이는 어리지만 꽤 훌륭한 인터넷 활용 기술을 갖췄다는 소문이 주위에 퍼진 데다, 모한테서 예술과 디자인에 대한 조언까지 얻을 수 있었던 네드는 이 사업으로 꽤 많은 돈을 벌었다. 펠릭스는 네드가 명함을 한 장 꺼내 정장을 입은 남자한테 건네는 모습을 보면서 미소를 지었다. 명함을 받은 남자는 고맙다는 인사를 하며 명함을 조심스레 주머니에 넣었다.

엘리메이도 마찬가지였다. 펠릭스는 엘리메이가 천막 앞에서 밴드 연주자들과 이야기하고 있는 걸 봤다. 엘리메이는 이틀 전, 학교 무대에서 열린 첼로 독주회에서 자신감 넘치는 연주로 관객 모두를 감동시켰다. 하지만 그렇게 자신감 넘치는 엘리메이의 모습이 처음은 아니었다. 요즘 동업자 회의에서 월례 보고를 할 때도 엘리메이는 그때와 비슷한 자신감 있는 모습을 보였다. 펠릭스는 성공적인 회사의 일원으로 활동하는 게 그런 자신감에 얼마간 영향을 미쳤으리라고 생각했다.

카드마트가 변화시킨 건 동업자들만이 아니었다. 윌리엄 형은 우쿨렐레 오케스트라에서 만난 빵집 동료와 함께 카누를 타려하고 있었다. 형은 새로 시작한 일도 잘 해내고 있었다. 요즘 펠릭스 가족은 전처럼 흰 빵과 갈색 빵만 먹을 수 있는 게 아니었다. 형은 계속해서 새로운 빵(소보로빵, 호밀빵, 브리오슈, 치아바타 등등) 만들기를 시도했고, 그런 빵들이 매우 잘 팔린다는 사실을 알게 되었다. 형이 하는 모든 일이 카드마트 덕분은 아니겠지만, 어쨌든 영향을 미친 건 분명했다.

본채 옆으로는 루퍼스 삼촌과 펠릭스의 부모님이 보였다. 세 분 다 사진 요청을 받을 때마다 카메라를 향해 포즈를 취하느라 정신이 없어 보였다. 세 사람은 서로의 어깨에 팔을 두르고 웃고 있었다. 펠릭스는 전에 엄마가 했던 말이 생각났다. 엄마는 펠릭스가 카드 사업을 하면서 생긴 일들 중 가장 좋은 일은 두 형제가 다시 만나게 된 일이라고 했다.

펠릭스는 사업이 모두를 변화시켰다고 생각하면서 문득 자신도 변했을지 궁금했다. 사실 펠릭스는 변화를 느끼지 못했다. 하지만 아마 변했을 것이다. 펠릭스는 분명 많은 것을 배웠다. 지난번 동업자 회의 때 삼촌이 말한 대로 모든 변화는 펠릭스가 모의 카드를 보고 사업 아이디어를 낸 그 순간에 시작되었다. 마치 연못에서 작은 물결이 넓게 퍼져나가듯이 그 하나의 결심에서 모든 일이 생겼다.

"너희 삼촌 말이 맞았어."

모가 펠릭스의 팔짱을 끼며 말했다.

"지난주 동업자 회의 때 말이야. 우리 사업이 정말 멋진 모험이었다고 했잖아."

"맞아." 펠릭스도 동의했다. "정말 멋진 모험이었어."

그렇기 때문에, 이 모든 것이 갑자기 끝나버렸을 때의 충격은 더욱 클 수밖에 없었다.

23
뜻밖의 제안

 5월이 되면서 판매량이 약간 줄더니(8,320장이 팔렸다) 6월에는 더 줄어서 7,140장이 팔렸다. 물론 여전히 많은 돈을 벌고 있긴 했지만, 펠릭스는 언젠가 루퍼스 삼촌이 했던 말이 떠올랐다. 만약 회사가 더 이상 영역을 넓히고 성장하지 않는다면 그 회사는 점차 망해가는 것이라고 했다. 펠릭스는 카드마트가 망하는 건 바라지 않았다.
 "아직 너무 걱정할 필요는 없을 것 같구나." 판매량을 살펴본 삼촌이 이렇게 말했다. "어떤 사업이든 오르막이 있으면 내리막도 있는 법이란다. 때로는 상황이 반전될 때까지 진득하게 기다릴 줄도 알아야 해."
 그러면서도 삼촌은 고객들에게 카드마트에 바라는 점이 있는지 물어보는 게 어떠냐고 제안했다.
 그래서 7월에 여름방학이 시작되자 펠릭스는 카드를 주문했던 모든 고객에게 이메일로 설문지를 보냈다. 그 결과, 대부분은 현재 카드마트의 서비스에 만족한다고 대답했지만, 매번 카드를 열 장씩 세트로 사야 하는 점이 불편하다는 사람들도 있었다. 딱 원하는 만큼만 사고 싶을 때도 있다는 것이다. 거기서 더 나아가 전체 카드 중에서 원하는 것을 골라서 살 수 있으면 좋겠다고 쓴 사람들도 있었다.

펠릭스는 이것이 쉽게 바꿀 수 있는 문제가 아니라는 걸 알고 있었다. 카드마트가 그토록 싼 가격에 카드를 판매할 수 있었던 가장 큰 요인은 한 번에 열 장씩 세트로 팔았기 때문이다. 만약 한 장, 두 장씩 따로 살 수 있게 하면 각각 우편요금과 안전 봉투 비용이 추가로 들기 때문에 이윤은 줄어들 수밖에 없다. 그리고 원하는 카드를 고를 수 있게 한다면 전체 카드가 들어 있는 상자에서 고객이 선택한 카드를 일일이 찾아내 따로 포장해야 하므로 시간이 훨씬 더 걸릴 것이다. 펠릭스는 이 문제를 삼촌과 의논해 봐야겠다고 생각했다.

하지만 7월부터 8월 말까지는 삼촌을 만날 수가 없었다. 숙모와 함께 숙모의 고향인 슬로바키아 포프라트에서 장기간 휴가를 보내고 있었기 때문이다. 또 휴가를 마치고 돌아와서도 지게차 배터리 사업에 필요한 새로운 제작사를 찾느라 삼촌은 눈코 뜰 새 없이 바빴다.

그러는 사이, 축하 카드 판매량은 계속 떨어졌다. 7월에는 할아버지의 사진으로 만든 신상품이 출시되었는데도 판매량이 1년

여 만에 처음으로 7천 장 아래까지 떨어졌다. 포프라트에서 돌아온 삼촌한테 이 판매량에 관한 기록을 보여주자 삼촌이 얼굴을 찌푸렸다.

"음, 네 말대로 뭔가가 있는 것 같구나. 하지만 그게 뭔지는 모르겠어. 한번 알아보마. 안 그래도 이 문제로 만나보려 했던 사람이 몇 명 있는데, 아마 그중 한 명이 답을 알고 있을 거야. 곧 연락 줄게. 괜찮지?"

하지만 펠릭스는 그후로 3주간 삼촌의 연락을 받지 못했다. 그리고 여름방학이 끝나기 일주일 전, 드디어 삼촌이 전화로 이야기해줄 게 있다고 했다.

"무슨 문제인지 알았단다. 그리고 어떻게 하면 좋을지도 생각해봤어. 하지만 난 일정이 있어서 오늘 오후 폴란드에 가야 해. 아마 수요일쯤 돌아올 거야. 돌아오는 날 내가 너희 집에 들르면 어떨까? 아직 개학 안 했지?"

"개학은 목요일이에요. 수요일이라면 괜찮아요."

"좋아. 그럼 내가 두 시까지 가마. 그때 내 생각도 얘기해줄게. 동업자 회의가 토요일이니까 그전에 며칠 동안 생각할 시간이 있을 거야. 그럼 수요일에 보자!"

펠릭스는 수화기를 내려놨다. 삼촌이 알아낸 문제가 과연 무엇인지, 또 삼촌의 '생각'이 무엇인지 궁금했다.

하지만 수요일 오후 두 시가 됐는데 루퍼스 삼촌은 나타나지 않았다. 펠릭스는 한 시간 동안 기다려도 삼촌이 오지 않자, 무슨 일이 있는지 알아보려고 삼촌 집에 전화했다.

숙모가 전화를 받았다. "아직 뉴스 못 봤구나? 삼촌은 아직 브제크에 있어."

"무슨 뉴스요?"

"홍수가 나서 폴란드 절반이 침수됐어. 브제크는 통신이 두절됐고, 전기도 들어오지 않는대. 아무것도 안 되나 봐!"

"세상에, 삼촌은 괜찮으신 거예요?"

숙모가 웃었다. "너희 삼촌은 아마 사람들한테 구명조끼를 팔아서 돈을 벌고 있을걸! 삼촌은 괜찮아. 하지만 폴란드에서 나올 수가 없어. 삼촌한테 뭐 할 얘기라도 있니?"

펠릭스는 그날 오후 삼촌과 만나기로 했다고 말했다.

"아, 맞다! 오늘 삼촌이 그 제안을 얘기해주기로 했었구나? 네가 토요일까지 생각할 시간을 좀 갖도록 말이야. 잠깐만!"

전화기 너머로 숙모의 신발 소리가 복도를 따라 움직였다.

"며칠 전 삼촌 책상에서 봤는데… 그래, 여기 있다! 삼촌이 너한테 주려고 미리 작성해놓은 문서야. 편지도 있어. 내가 피터 씨한테 부탁해서 가져다주라고 할게."

피터 씨는 삼촌 집에서 정원사로 일하면서 소소한 일들도 맡아 처리해주는 사람이었다.

한 시간 뒤, 펠릭스의 집 앞에 도착한 피터 씨가 기다리고 있던 펠릭스한테 갈색 서류 봉투를 건네줬다.

봉투 안에는 빼곡하게 타이핑한 열두 쪽짜리 문서 네 부와 함께 삼촌이 동업자들에게 쓴 편지가 네 통 들어 있었다. 편지에는 이렇게 적혀 있었다.

펠릭스, 모, 네드, 엘리메이에게.
동봉한 서류를 보고 너희들이 기뻐했으면 좋겠구나! 이 제안이 과연 무엇이고, 또 어째서 이것이 좋은 제안인지에 대해서는 펠릭스가 이미 설명했겠지만, 토요일 동업자 회의에서 논의하기 전에 자세한 내용을 살펴보길 바란다(어른들께도 보여드리렴).
여러 사정을 고려해볼 때, 우리에게 생각할 시간이 많지는 않을 것 같구나. 조건이 좋은 제안인 데다 언제까지 기회가 열려 있을지 알 수 없기 때문이야. 만약 우리가 이 제안을 받아들일 거라면(이미 펠릭스한테 들었겠지만 나도 그러는 게 좋겠다고 생각해) 그 결정은 빠를수록 좋아!

행운을 빌며,
루퍼스 파머

펠릭스는 그 편지를 두 번이나 읽었다. 그리고 마음이 복잡해졌다. 펠릭스도 편지 속 '제안' 이야기는 처음 들었다(삼촌이 펠릭스를 만나 해주려던 얘기가 아마 이것인 듯했다). 펠릭스는 열두 장짜리 계약 제안서를 처음부터 끝까지 두 번 읽어보고 나서야 그 제안이 무엇인지 어느 정도 알 수 있었다.

이 제안서는 게인즈버러라는 회사(펠릭스가 알기로 이 회사는 영국 최대의 카드 제작 회사였다)에서 카드마트를 인수하려고 보낸 것이었다.

게인즈버러에서는 카드마트를 인수하는 대가로 4억 원을 제안했다.

다음 날 학교에 간 펠릭스는 동업자들한테 루퍼스 삼촌의 편지와 계약서를 전달했다. 네 명의 동업자는 점심시간을 이용해 음악 연습실에서 만났다. 음악 연습실은 조용하면서 다른 사람의 방해를 받지 않는 곳이었다.

모는 빼곡히 적힌 열두 쪽짜리 문서를 보더니 읽어보려 하지도 않았다.

"뭐라고 쓰여 있는 거야?" 모가 물었다.

펠릭스는 큰 회사가 카드마트를 4억 원에 사겠다고 제안하는 내용이라고 말했다.

"와~" 모의 눈이 휘둥그레졌다. "그럼 대체 얼마가…."

"네 몫은 1억 3천만 원이야." 엘리메이가 말했다. 그러고는 몸을 돌려 네드한테 말했다. "우린 5천만 원씩이고."

네드가 낮게 휘파람 소리를 냈다. "그럼… 내 대학교 학비는 해결되겠네!"

"펠릭스?" 모가 말했다. "넌 별로 신나 보이지 않네."

"응. 난 별로."

펠릭스는 전날 밤에 계산해본 결과, 4억 원에서 자기 몫은 정확히 1억 7천만 원이라는 걸 알고 있었다. 정말 큰돈이었다. 하지만 생각하면 할수록 회사를 파는 건 자기가 원하는 게 아니라는 생각이 들었다. 그리고 어째서 삼촌이 회사를 팔아야 한다고 생각하는지 도무지 이해할 수 없었다.

펠릭스에게 카드마트 경영(회사가 성장하는 걸 지켜보고, 문제를 해결하고, 다음의 계획을 세우는 일)은 단순히 돈을 버는 것 이상이었다. 그건 엄청나게 큰 즐거움이었다. 또한 삶의 중심이었다.

돈이 중요한 건 사실이다. 펠릭스도 지난 저녁 내내 그 돈에 대해 생각해봤다. 4억 원이라는 돈이 굉장히 매혹적인 제안인 건 맞지만, 그 돈을 거절한다 해서 동업자들이 지금보다 궁핍해지는 건 아니다. 펠릭스가 다른 동업자들에게 말했듯이 카드마트는 여전히 매달 600만 원이 넘는 돈을 벌고 있다. 그리고 판매량이 조금 떨어지긴 했지만 펠릭스가 계산한 바에 따르면 4년에서 5년 정도만 지나도 지금 제안받은 만큼 돈을 모을 수 있다. 그것도 회사까지 여전히 소유하고 있는 상태로.

그리고 이 계산 결과도 이윤이 조금씩 줄어들 경우에만 해당하는 이야기였다. 만약 이윤이 줄어들지 않는다면? 아니, 심지어 이윤이 점차 증가한다면? 생각할수록 그 누구에게도 카드마트를 팔고 싶지 않다는 생각이 굳어졌다.

엘리메이가 말했다. "너희 삼촌도 제안을 받아들이는 게 좋을 것 같다고 했잖아."

"알아."

모가 물었다. "너희 삼촌이 아주 좋은 조건이라고 생각하시는 이유가 뭘까?"

"모르겠어. 토요일에 동업자 회의에서 설명해주시겠지."

"당신이 앞으로 어떻게 할 생각이며,
그 이유가 무엇인지를 다른 사람들에게
분명히 밝혀야 한다."
(앤서니 쿨먼)

24
매각

토요일이 되었지만, 숙모로부터 루퍼스 삼촌이 아직 귀국하지 못했다는 연락을 받았다.

"내가 알 수 있는 건 너희 삼촌이 바르샤바까지는 갔다는 거야." 숙모가 말했다. "하지만 아직도 영국으로 오는 비행기 표를 구하지 못하고 있나 봐. 다시 파리로 갈 예정이라고 했는데, 바르샤바가 지금 워낙 혼란스러운 상황이어서 말이야. 지금은 삼촌이 어디에 있는지도 잘 모르겠어."

펠릭스는 회의를 미루는 게 어떠냐고 제안했지만, 네드 아빠가 다음 날 일본에 가서 3주 뒤에나 돌아올 예정이라며 루퍼스 삼촌이 없더라도 계획대로 회의를 열면 좋겠다고 했다. 그래서 펠릭스가 의장을 맡기로 하고, 늘 그렇듯이 모두가 식탁에 둘러앉았다. 동업자 회의가 시작되었다.

첫 번째 안건은 이달의 판매량 보고였다. 이번에도 약간 판매량이 줄었지만, 펠릭스가 지적한 대로 8월은 아이스크림 말고는 잘 팔리는 물건이 없는 달이었다. 두 번째 안건으로 펠릭스가 고객들에게 보낸 설문지의 응답에 대해 짧은 논의가 이어졌다(뭔가를 결정하는 것은 루퍼스 삼촌이 돌아온 다음에 하기로 했다). 그리고 세 번째 안건은 게인즈버러에서 제안한 회사 인수에 관한 건이었다.

펠릭스는 루퍼스 삼촌이 없는 상태에서 논의하는 건 의미가 없으니, 이 안건도 표결을 미루자고 제안했다.

"제 의견을 말씀드리자면… 저는 회사를 팔고 싶지 않아요. 하지만 우선 좀 기다렸다가 삼촌이 돌아오면 의견을 들어보는 게 좋을 것 같아요."

펠릭스가 다음 안건(모두프린트에 카드를 얼마만큼 주문할 것인지)으로 넘어가려는데, 모 엄마가 펠릭스를 가로막았다.

"너희 삼촌은 조건이 좋은 제안이라고 생각하는 것 같더구나. 편지에서도 빨리 결정하는 게 좋다고 말했고."

"네, 저도 알아요. 하지만…."

"너희 삼촌은 똑똑한 사람이야." 네드 아빠가 말했다. "그런 분이 제안을 받아들이는 게 좋겠다고 했다면 다 그럴 만한 이유가 있는 거지."

"네, 그럴 거예요. 하지만 삼촌이 이 자리에 안 계시니 그 이유를 들어볼 수가 없잖아요. 그래서 제 생각엔…."

"편지에도 쓰여 있잖니." 모 엄마가 다시 가로막았다. "언제까지 기회가 열려 있을지 모른다고. 그리고 결정은 빠를수록 좋다고."

"맞아요. 하지만…."

"펠릭스, 우리 모두는 네 생각을 전적으로 존중해." 다시 네드 아빠가 말했다. "네가 이 사실을 꼭 알아줬으면 좋겠어. 우린 네가 지금까지 이룩한 모든 일에 대해 감탄하고 있어." 그러고는 모인 사람들을 가리켰다. 모 엄마, 엘리메이 할머니가 동의한다는 듯 고개를 끄덕였다. "하지만 문제는 이 제안에 정말 큰돈이 걸려 있다는 거야. 우린 그 제안을 받아들여야 한다고 생각해."

"물론이죠." 모 엄마가 강하게 말했다. "모의 말로는 자기 몫이 1억 3천만 원이 넘는다고 하더구나. 물론 펠릭스 네 말대로 회사를 계속 지키고 있으면 앞으로 더 많은 돈을 벌지도 몰라. 하지만 내 생각에 그건 너무 큰 위험을 무릅쓰는 것 같구나. 그래서 너희 삼촌도 그 제안을 받아들이는 게 좋겠다고 말씀하신 것 같아. 나도 그 생각에 찬성이야."

"자, 그럼 저는," 네드 아빠가 말을 받았다. "4억 원에 회사를 인수하겠다는 게인즈버러의 제안을 받아들이길 정중히 요청하는 바입니다."

"재청합니다." 모 엄마가 말했다.

펠릭스는 아무 말도 하지 않았다. "우린 그 제안을 받아들여야 한다고 생각해." 네드 아빠가 한 말이었다. 펠릭스는 이 말을 듣자마자 모든 상황을 알아차렸다. 네드 아빠, 모 엄마, 엘리메이 할머니가 회의 전에 미리 모여 이 문제를 논의했다는 뜻이었다. 어른들은 함께 모여 이 안건에 관해 먼저 이야기를 나눴고, 회의가 시작하기도 전에 결론을 내렸다. 이제 어른들은 표결을 원할 것이다. 동업자 계약에 따라 동업자들의 표결권도 수익 분배 비율과 똑같이 분배된다. 펠릭스의 표결권은 42.5퍼센트로 가장 지분이 크지만, 만약 다른 세 친구가 펠릭스와 반대되는 의견에 투표하면 그들의 의견이 과반을 차지하게 된다. 문제는 또 있다. 동업자 계약에 따르면, 돈 문제에서는 동업자 친구들이 아닌 보호자들에게 최종 결정권이 있다. 최종적으로 세 친구의 보호자들이 회사를 파는 것에 찬성한다면 펠릭스가 그것을 막을 방법은 없다. 전혀.

"펠릭스?" 네드 아빠가 펠릭스를 보며 말했다. "내가 요청한 건에 대해 표결을 진행해야지."

"너희들은 그냥 앉아서 보고만 있을 거야?" 펠릭스는 모와 네드, 그리고 엘리메이를 번갈아 보며 말했다. "그냥 회사를 팔아버리게 보고만 있을 거냐고!"

펠릭스에게 최악의 순간은 바로 지금부터였다. 모는 펠릭스를 쳐다보지 않았다. 네드와 엘리메이도 마찬가지였다. 다들 식탁 위에 시선을 고정한 채 자기 손만 바라보고 있었다. 펠릭스와 눈을 마주치려 하지 않았다.

…그 순간 진실을 마주한 펠릭스는 뭔가로부터 강하게 복부를 얻어맞은 느낌이었다.

친구들은 이미 알고 있었다! 회의가 시작되고 30분이 지나는 동안, 친구들은 무슨 일이 일어날지 다 알면서 이 자리에 앉아 있었던 것이다. 게다가 회의 전까지 아무도 펠릭스한테 그 사실을 알려주지 않았다.

"말도 안 돼!" 펠릭스는 경악하며 친구들을 바라봤다. "너희들, 다 알고 있었어?"

"어쩔 수 없었어, 펠릭스." 모가 속상한 얼굴로 말했다. "어차피 어른들한테 결정권이 있는 문제고…."

"하지만… 너흰 내 친구잖아! 어떻게 이럴 수가 있어?"

"안건을 제기했으니," 네드 아빠가 부드럽게 말했다. "표결을 시작하는 게 좋을 것 같구나."

"우린 우리가 최선이라고 생각하는 대로 결정했을 뿐이야." 모 엄마가 말했다. "너희 삼촌의 조언이기도 하고."

"방금 제기된 안건에 찬성하시는 분?" 네드 아빠가 물었다.

그러자 네드 아빠, 모 엄마, 그리고 엘리메이 할머니가 손을 들었다.

펠릭스는 가슴속에서 분노가 치솟는 것을 느꼈다. 도대체 어떻게 이럴 수가 있을까! 아무도 그럴 권리가 없다! 펠릭스는 강하게 자리를 박차고 일어났다. 그 힘에 의자가 쓰러질 정도였다.

"자, 이제 됐어?" 펠릭스는 모와 네드, 엘리메이를 차례로 쳐다봤다. "너희는 아무렇지도 않지? 그냥 앉아 있다가 돈을 받기로 결정되면 그만인 거잖아, 그렇지? 왜 그런지 알겠어! 너희 회사가 아니라서 그래. 너희 회사인 적은 없었던 거야. 이건 내 회사야! 내가 고민했고 내가 아이디어를 냈고 내가 경영했으니까. 내가 없었으면 아무것도 못 했을걸? 그런데 지금 너희는 거기 그렇게 앉아서 그냥 회사를 팔아치워도 된다고 생각하는 거야? 내 생각은 무시하고? 글쎄, 너희는 그럴 수 있나 보다. 하지만 이건… 이건 전부 잘못됐어. 완전히 잘못됐어. 너희도 이게 잘못됐다는 걸 알고 있잖아."

"이러지 마, 펠릭스." 입을 연 건 모였다. 얼굴이 하얗게 질린 채 무척 당황한 모습이었다. "너도 얘길 좀 들어보면…."

"아니! 들을 생각 없어. 너희 얘기는 아무것도 듣고 싶지 않아. 솔직히 말하면 너희랑 이렇게 같은 공간에 있는 것도 싫어. 앞으로 다시는 만나고 싶지 않아. 절대로."

이 말을 남기고 펠릭스는 밖으로 뛰쳐나갔다.

일을 마치고 돌아온 윌리엄은 동생이 쿵쾅거리며 계단을 올라가는 모습을 봤다.

"무슨 일 있어요?"

"방금 전 동업자 회의에서 네 동생 회사를 4억 원에 팔기로 결정했단다."

"정말요?" 윌리엄은 얼굴을 찌푸렸다. "나 같으면 신날 것 같은데. 내 회사가 그렇게 비싸게 팔린다면요."

25
업무 종료

아빠가 펠릭스의 방으로 들어와서 삼촌이 왔다고 알려줬다. 회의가 끝난 지 세 시간이 지났지만 펠릭스는 여전히 침대에 누워 비참한 표정으로 천장만 바라보고 있었다.

잠시 후, 펠릭스가 내려가 보니 루퍼스 삼촌은 거실 벽난로 앞에 서 있었다. 면도도 못한 채 잔뜩 구겨진 양복을 입고 있는 삼촌은 너무나 피곤해 보였다.

"엄마, 아빠한테 다 들었다." 삼촌이 말했다. "네가 속상해하는 건 당연해. 나도 마음이 안 좋구나. 다 내 잘못이야."

"삼촌 잘못이 아니에요. 소위 친구라는 애들이 잘못한 거죠. 걔들은 그냥 가만히 보고만 있었어요! 아직도 믿을 수가 없어요."

"얘기를 들어보니 친구들도 선택의 여지가 없었던 것 같은데." 삼촌이 손으로 머리를 쓸어 넘기며 말했다. "엄마가 그러시더구나. 어른들이 회의 전에 이미 모여 결정을 내렸더라고. 하지만 그분들을 비난할 수만은 없다고 생각한다." 그러고는 한숨을 쉬었다. "사실 네가 먼저 그 제안서를 보고 그걸 받아들이기로 결심하기 전까지는 다른 사람들한테 알리지 않으려고 했는데."

"알리지 않으려 했다고요?"

삼촌이 거실을 가로질러 소파에 앉았다. 그런 뒤 펠릭스한테 옆에 앉으라는 손짓을 했다.

"원래는 약속한 대로 먼저 수요일에 너를 만나서 그런 제안이 들어왔다고 말해준 다음, 그 제안을 받아들였으면 하는 이유에 대해 모두 설명해주려고 했어. 그런 다음 네가 동의하면, 네가 동의하는 경우에만 제안서를 친구들한테 나눠주고 부모님께도 전달하라고 할 생각이었다. 제안서 사본은 그럴 경우를 대비해 미리 프린트해뒀던 것뿐이고. 그런데 불행하게도 내가 수요일에 올 수가 없었지. 네 숙모는 내 책상 위에 너한테 쓴 편지가 있다는 사실만 알고 있었고…."

삼촌이 안경을 벗고 눈을 비볐다.

"지난 일주일 동안 정말 여러모로 문제가 많았구나."

"삼촌은 제가 카드마트를 팔 거라고 생각하셨어요?"

"그래. 조건이 좋으니까."

"하지만 저는 팔고 싶지 않아요! 카드마트 경영은 제가 정말 좋아하는 일이에요. 돈도 많이 벌고 있고요!"

"물론 나도 네가 팔고 싶어 할 거라고 생각하진 않았어. 하지만 그게 좋은 대안이라는 걸 알면 받아들일 거라고 생각했단다."

"대안요?"

"지금은 카드마트로 돈을 많이 벌고 있다는 거 알아. 하지만 앞으로도 쭉 그렇진 않을 거야. 내 생각엔 몇 년 정도 지나면 한 달에 몇 십만 원 벌기도 어려울 거라고 본다."

펠릭스는 삼촌을 가만히 바라봤다.

"왜… 왜 그렇게 생각하세요?"

"카드 판매량이 계속 떨어지는 이유를 알아봐달라고 했지? 알고 보니 이유는 간단하더구나. 네가 카드마트를 시작할 때만 해도 인터넷으로 카드 팔 생각을 하는 사람은 거의 없었어. 하지만 지금은 상황이 달라. 지난 두 달 동안 전국에 카드를 파는 웹사이트가 몇 개나 생긴지 아니?"

펠릭스는 모르겠다고 대답했다.

"열일곱 개야. 지난 두 달 동안에 생긴 것만. 그것도 국내에서. 영국만 해도 이미 백 개가 넘는 웹사이트에서 카드를 팔고 있어. 네가 누구보다 먼저 이 일을 시작했지만, 이제 너를 따라잡은 회사들이 점점 많아지고 있단다. 게다가 카드마트보다 훨씬 싸게 파는 곳도 많아. 카드 한 장을 500원에서 600원에 파는 곳도 열 군데가 넘어. 카드 맨 위에다 받는 사람의 이름을 아름답게 프린트해주는 곳도 있더구나. 자본이 많은 대기업들이 뛰어들고 있는 거야. 그리고 넌," 삼촌이 손가락으로 펠릭스를 가리켰다. "경쟁에서 밀리고 있는 거지."

펠릭스는 언젠가 사업 이야기를 하던 중 삼촌과 했던 말이 생각났다.

"다른 회사에서 하는 걸 우리도 할 순 없나요? 더 잘하면 되잖아요."

"글쎄다. 할 수 있을지도 모르지. 광고에 몇 백만 원을 투자하면서 정식으로 사무실을 차리고 상근 직원도 고용할 수 있다면 말이야. 물론 학교에 가느라 시간 뺏기는 일도 없어야 해. 그러니 지금으로서는 그런 대기업들과 경쟁할 방법이 없어. 만약 지금 하는 방식대로 계속해나간다면… 글쎄, 꾸준한 단골들은 끝까지 남을지도 모르지만, 그건 결국 매달 조금씩 판매량이 줄어들 거라는 뜻이야. 그러니까 내 말은, 예전 같은 상태로 돌아가진 않을 것 같구나."

펠릭스는 삼촌을 바라봤다. 차분하면서도 객관적인 삼촌의 말은 무서울 정도로 설득력이 있었다.

"회사를 파는 걸 고려해볼 가치가 있다고 판단한 건 바로 그런 이유 때문이야. 그래서 내 친구의 친구한테 부탁해서 게인즈버러 측 사람을 소개받았어. 게인즈버러에서는 카드마트 인수에 아주 적극적인 태도를 보였단다.

게인즈버러는 오래된 회사인데, 어느 날 문득 자기들이 뒤처지고 있다는 걸 깨달았지. 그래서 인터넷 판매를 이용해 빨리 다른 회사들을 따라잡아야겠다고 생각했어. 바로 이런 상황에서 가장 빠른 방법은 이미 인터넷 업계에 진출한 작은 회사를 인수하는 거야. 게인즈버러는 너희가 만든 카드를 좋아해. 카드도 예쁘고 현재 잘 팔리고 있다는 걸 알고 있거든. 하지만 게인즈버러가 더 좋아하는 건 네가 갖고 있는 고객 이메일 리스트야. 이미 카드마트를 통해 온라인으로 카드를 구매해왔고, 게인즈버러의 더 많은 카드를 구매할 수 있는 수천 명의 사람들. 그게 바로 게인즈버러가 적극적으로 카드마트를 인수하려는 이유지.

게인즈버러에서는 카드마트를 인수하기 위해 많은 돈을 제안하고 있고, 난 네가 그걸 받아들이는 게 좋겠다고 생각했어. 물론 네가 카드 사업에 대한 애정이 정말 크다면 카드마트를 계속 경영하라고 했을 거야. 하지만 그건 아닌 것 같은데, 그렇지? 넌 돈을 벌 수 있다고 생각했기 때문에 카드 사업을 시작했고, 그게 전부야. 그리고 네 생각대로 돈을 벌었어. 하지만 너의 사업 컨설턴트로서 말하자면, 바로 지금이 이 사업을 내려놔야 할 때인 것 같구나."

펠릭스는 아무 말도 하지 않았다.

삼촌이 일어섰다.

"아무튼 이게 내가 수요일에 해주려던 얘기였어. 폴란드에서 호텔에 갇혀버리지만 않았다면 말이야. 그럼 이제 너도 내 얘기를 잘 생각해보겠니? 만약 그래도 네가 카드마트를 지키고 싶다면 내일까지 얘기해주렴. 그럼 없던 일로 할 수 있어."

"너무 늦었어요. 다른 사람들이 모두 동의했잖아요."

"난 네가 고용한 컨설턴트야. 다른 사람들이 아니라." 삼촌이 단호하게 말했다. "아직 계약이 체결된 건 아니야. 그저 하나의 제안일 뿐이고, 제안은 쉽게 취소되기도 하지. 너의 결정에 따르면 돼."

그러고는 펠릭스의 어깨에 한 손을 올렸다.

"아빠가 그러시더구나. 네 숙모가 내일 점심 식사에 너희 가족을 초대했다고. 그때 만나서 다시 얘기하자. 네가 어떤 결정을 내렸는지 그때 말해주면 돼. 미안하지만 지금은 집에 가서 잠을 좀 자야겠다."

26
제안 수락

 펠릭스는 그 제안에 대해 계속 생각했다. 그날 저녁에도, 밤에 침대에 누워서도, 그리고 그다음 날 아침에도 계속 생각했다. 하지만 마음 한구석에서는 자기가 이미 결정을 내렸음을 알고 있었다. 그렇게 어려운 문제는 아니었다. 그저 썩 내키지 않는 결정일 뿐이었다.
 펠릭스 가족은 점심시간에 맞춰 아빠가 운전하는 차를 타고 루퍼스 삼촌 집으로 갔다. 현관 앞에서 펠릭스 가족을 맞이하는 삼촌의 얼굴을 보니 전날보다 훨씬 좋아 보였다. 삼촌은 모두를 데리고 곧바로 식당을 통과해 등나무 의자가 있는 테라스로 안내했다. 테라스에서는 루드밀라 숙모가 큰 병에 담긴 음료를 부지런히 젓고 있었다. 슬로바키아에서 많이 마시는 음료라고 했다. 삼촌은 자기 몫으로 큰 컵 하나를 들고, 펠릭스에겐 그보다 작은 컵에 담긴 음료를 건넨 다음, 펠릭스와 단둘이 할 얘기가 있으니

잠깐 나갔다 오겠다고 말했다.

루퍼스 삼촌은 펠릭스를 데리고 본채 뒤로 난 길을 지나 유리문 몇 개를 통과한 뒤, 사무실로 사용하는 방으로 들어갔다. 가죽으로 된 안락의자 두 개가 호수를 내려다볼 수 있게 놓여 있었다. 삼촌이 그중 하나를 가리킨 뒤 그 옆에 있는 의자에 앉았다.

"자, 결정했니?"

펠릭스는 고개를 끄덕였다.

"그 제안을 받아들이겠어요. 그리고 어제는 삼촌한테 고맙다는 인사를 깜빡했어요. 이렇게 전부 알아보고 계약을 준비해주셔서 고맙습니다."

그런 말은 됐다는 듯 삼촌이 손을 내저었다.

"네가 원하는 해결책을 제시해주지 못해서 오히려 미안할 뿐이야."

그러고는 펠릭스를 바라보며 안쓰럽게 웃었다.

"결정하기가 쉽지 않았다는 거 알아. 하지만 옳은 결정이라고 생각한다. 넌 분명 앞으로 다른 사업 아이디어를 떠올릴 거야. 그것도 아주 많은 아이디어를. 그건 내가 장담할 수 있어. 그리고 다음번에는 훨씬 쉽게 사업에 착수할 수 있을 거야. 왜냐하면 네 사업을 뒷받침할 자본금이 있으니까. 누구나 처음 1억 원을 벌기가 가장 어렵단다. 그런데 넌 이미 그 돈을 가지고 있잖니."

"다음번에는 꼭 저 혼자 사업할 거예요. 동업자 없이요. 누구의 부모님도 참견할 수 없게 말이에요."

"어른들한테 너무 서운해할 것 없어. 그분들은 스스로 최선이라 생각하는 대로 하고 있을 뿐이야. 네드 아빠는 네드의 대학 등록금을 마련해두고 싶어 하셔. 엘리메이 할머니는 엘리메이가 런던에서 첼로 레슨을 받을 돈을 필요로 하고, 모 엄마는 딸이 만든 카드가 그런 대기업에서 판매되면 모가 예술계에서 자리 잡는 데 도움이 될 거라고 생각해. 그건 맞는 말이야. 모두 다 그럴 만한 이유가 있어. 그리고 네 친구들도 각자…."

"걔들은 이제 더 이상 친구가 아니에요." 펠릭스는 삼촌 말을 끊으며 단호하게 말했다. "다들 알고 있었어요. 다들 어른들의 계획을 알고 있었으면서 저한테 말하지 않았어요. 친구라면 그러면 안 되죠."

"음… 그랬구나…." 삼촌이 음료수를 한 모금 마셨다. "너희 엄마가 그러시더구나. 네가 다시는 친구들과 말도 하지 않겠다고 했다고. 정말이니? 진심으로 한 말이야?"

"진심이에요." 모가 어젯밤에도, 오늘 아침에도 만나러 왔지만 펠릭스는 두 번 다 거절했다. "제가 왜 걔들을 만나야 하죠? 저를 배신한 애들이에요."

"그래서 상처 받았니?"

"네, 맞아요. 상처 받았어요."

"물론 그럴 거야…." 삼촌이 잠시 정원을 내다봤다. "내가 전에 누군가를 찾아갔던 건 알고 있지? 루드밀라와 나의 문제를 상담하려고 말이야. 그분은 제임슨 박사라고 해. 그분이 지금 여기에 있다면 이렇게 말할 것 같구나. 너한테 상처를 주는 건 친구들이 했던 행동이 아니라 친구들의 행동에 대해 네가 쓴 얘기라고."
"저는 얘기를 쓴 게 아니에요. 그건 그냥 사실이에요."
"그럴 수도 있지."
"그럴 수도 있는 게 아니에요. 그건 분명한 사실이라고요!"
"엄밀히 말하자면 그건 사실의 일부일 뿐이야. 내가 보기에 전부는 아닌 것 같구나. 제임슨 박사님이 여기 있다면 아마 너 자신한테 다른 얘기들을 들려줄 수도 있다고 말할 거야. 분명한 사실이지만 네가 쓴 얘기와는 다르게 너한테 상처 주지 않는 얘기들 말이다."
"다른 얘기요? 어떤 다른 얘기요?"
"음, 내가 그중에서 한 가지만 말해보자면 아마 이런 걸 거야. 옛날에 펠릭스 파머라는 아이가 있었는데, 그 아이는 괜찮은 카드 사업 아이디어를 떠올렸어요. 펠릭스에겐 그림을 훌륭하게 그리는 친구, 웹사이트를 만들 줄 아는 친구, 그리고 계산을 잘하는 친구가 있었지요. 세 친구와는 모두 오랫동안 알고 지낸 사이인데, 이 친구들은 함께 사업을 시작해서 엄청난 성공을 거뒀고 결국 많은 돈을 벌었어요. 그런데 어느 날, 그 세 친구가 그만두고 싶다고 말했어요. 펠릭스는 사업을 계속하고 싶었지만, 다른 친구들은, 아니면 적어도 친구 부모님들은 그렇지 않았어요. 그래서 펠릭스는 그 회사를 팔았답니다.
자, 이 얘기도 사실이야. 물론 모든 사실을 담고 있는 건 아니지만(그건 네가 쓴 얘기도 마찬가지야) 내가 너라면 이 두 번째 얘기를 선택할 것 같구나. 그럼 어쨌든 친구들이 네 곁에 남을 수 있으니까. 난 항상 친구가 더 중요하다고 생각하거든.

만약 이 두 번째 얘기를 선택한다면 앞으로 너희 넷이 모일 때마다 웃으면서 함께 사업했던 얘기를 나눌 수 있어. '우리 그때 처음에 200장은 팔 수 있을까 하고 얘기했던 것 기억나?' 혹은 '첫 동업자 회의 때 생각나지? 만 원짜리가 잔뜩 든 신발 상자를 가운데 놓고 시작했었잖아'라고 말하면서 말이야. 그렇게 네 사람은 함께 지난 일을 떠올리고, 그게 얼마나 특별한 모험이었는지 기억하게 될 거야!"

그때 숙모가 문을 열고 고개를 내밀며 5분 뒤에 점심 식사 준비가 끝난다고 알려줬다. 삼촌은 숙모한테 고개를 끄덕이며 손을 흔든 뒤 펠릭스 쪽으로 다시 몸을 돌렸다.

"물론, 선택은 네가 하는 거야. 너 자신에게 들려줄 얘기는 언제나 네가 선택하는 거야. 하지만 내가 제임슨 박사님께 배운 바로는, 가능하면 결말이 좋은 얘기를 선택하는 게 현명하단다."

펠릭스는 아무 말도 하지 않았다. 그때 일을 생각하면 아직도 화가 났다. 배신당한 데 대한 씁쓸한 감정이 남아 있었다. 하지만… 그것 말고도 느껴지는 것이 있긴 했다.

펠릭스는 삼촌의 이야기를 들으면서, 맨 처음 모의 집에 찾아가 엄마의 생일 카드를 부탁했던 때가 갑자기 떠올랐다. 모는 이불을 둘러쓴 채 문을 열어줬다. 39도 가까이 열이 나는 상태였지만 모는 펠릭스를 그냥 보내지 않고 안으로 들어오게 한 다음, 카드가 저장된 디스크를 찾아주며 맘껏 프린트해도 좋다고 허락했다.

공연 리허설 중인 네드를 찾아갔던 일도 기억났다. 웹사이트에 대해 알아봐달라고 부탁하자, 네드는 바로 다음 날 펠릭스를 찾아와 궁금했던 것을 알려줬다. 게다가 웹사이트도 만들어주기로 약속했다.

음악 연습실에서 한창 콘서트 연습 중인 엘리메이를 찾아가 이윤을 계산해줄 사람이 필요하다고 말했던 것도 떠올랐다. 바로 그날 방과 후에 엘리메이는 펠릭스네 집으로 왔다. 사실, 펠릭스는 엘리메이가 그렇게 해주리라는 걸 이미 알고 있었다. 언제나 그렇듯이 펠릭스에겐 친구들이 자기 부탁을 들어줄 거라는 확신이 있었다. 왜냐하면… 친구니까.

이런 생각이 들자, 펠릭스는 만약 그 세 사람과 더 이상 친구로 지내지 않는다면 앞으로 어떻게 될지 상상해봤다. 내일 학교에 갔는데 세 사람 중 누구하고도 이야기하지 않는다면? 얼마나 괴로울지 상상하는 것 자체가 충격이었다. 하지만 펠릭스는 분명히 스스로 그러겠다고 말했다. 앞으로 세 친구 누구와도 이야기하지 않겠다고.

모, 네드, 엘리메이한테 선택의 여지가 없었던 것 같다고 한 삼촌 말이 맞는 걸까? 세 사람의 행동이 잘못됐다고 말하는 게 정말 타당할까? 회의 때, 얼굴이 하얗게 질린 채 앉아 있던 모의 얼굴이 떠올랐다. 그리고 어젯밤 집에 찾아왔던 모, 그리고 오늘 아침에 또다시 찾아왔던….

"나도 나 자신에게 얘기를 들려준 적이 있었지." 삼촌이 유리문 밖 호수를 바라보며 말했다. "내가 배신당했던 얘기를 말이야. 무려 20년 동안이나 스스로에게 그 얘기를 했어. 하지만 그러지 말았어야 했어. 결국 그 얘기 때문에 정말 소중한 사람들을 오랜 세월 동안 놓치고 살았거든."

삼촌이 잠시 말이 없더니 자리에서 일어나 펠릭스 쪽으로 몸을 돌렸다.

"이제 점심 먹으러 갈까?"

27
화해

"집에 도착하면 모한테 좀 다녀와야겠어요." 삼촌 집에서 점심 식사를 마치고 집으로 가는 차 안에서 펠릭스가 말했다.

"정말 좋은 생각이구나." 조수석에 앉은 엄마가 말했다.

"다시는 말도 하지 않을 거라고 했던 것 같은데." 뒷좌석에 펠릭스와 함께 앉은 윌리엄 형이 말했다.

"맞아. 하지만 그냥 이런 생각이 들었어… 모두 자기가 최선이라고 생각한 걸 선택한 것뿐이라고."

"잘 생각했다." 아빠가 말했다. "어른스러운 태도야."

"찾아가서 사과하려고?" 형이 물었다.

"아니, 물론 그건 아니고. 내가 왜 사과를 해?"

"그럼 무슨 말을 할 건데?"

펠릭스는 모한테 무슨 말을 할지는 아직 생각해보지 않았다. 솔직히 말하면 모를 찾아가야겠다고 결심하기도 전에 그 말이 먼저 입 밖으로 나와버렸다. 어쨌거나 이제 모를 찾아가 무슨 말을 할지가 고민이었다. 그러자 갑자기 모한테 가는 게 정말 좋은 생각인지도 확신이 서지 않았다. 펠릭스는 상황을 원래대로 되돌려 놓고 싶었다. 하지만 이미 벌어진 일을 되돌리는 건 생각만큼 간단한 일이 아니었다.

"그 일에 대해선 아무 말 안 해도 돼." 엄마가 말했다. "신호를 보내면 되거든."

"신호요?"

엄마가 고개를 돌려 펠릭스를 봤다.

"신호를 보낸다는 건, 다른 사람한테 말을 하되 하고 싶은 말을 직접 입 밖에 내지는 않는 거야. 어색함을 없애는 방법이지."

펠릭스는 얼굴을 찌푸렸다.

"예를 들어 모랑 화해하고 싶으면… 모를 찾아가서 이렇게 말하는 거야. 어제 회의 때 두고 간 펜을 돌려주러 왔다고."

"그렇게 말하면 넌 이제 화가 풀렸다는 신호가 되는 거지." 운전 중인 아빠가 거들었다.

"모가 그걸 알까요?"

"그럼, 물론이지." 엄마가 미소를 지었다. "모는 신호 보내는 법을 다 알고 있어. 물론 네가 그 방법을 알고 있는지는 모를 거야. 그러니 오해하지 않으려고 조심하겠지. 모는 아마 '잠깐 들어올래?' 같은 말을 할 거야."

"그 말은 '네가 화가 풀렸다니 기뻐. 좋아, 나도 화해하고 싶어'

라는 뜻이야." 아빠가 덧붙였다.

"그럼 넌 고맙다고 말하고 들어가서 가벼운 얘기를 좀 나누면 돼. 그럼 적당한 때에 모가 이런 말을 할 거야. '저기, 어제 일은 말이야…' 그럼 이제 네가 말할 차례야. '괜찮아. 걱정할 것 없어. 넌 네가 최선이라고 생각하는 대로 했을 뿐이야…' 그럼 모가 너를 안아줄 거야. 여자애들이 그렇게 할 땐 '다행이다. 네가 다시는 나랑 말도 하지 않을 줄 알았어'라는 신호지. 자, 그럼 다 된 거야. 화해 완료."

"정말 확실한 거예요?" 형이 물었다.

"확실해." 엄마가 자신 있게 말했다.

아빠가 거울로 펠릭스를 흘깃 쳐다봤다. "물론 엄마 말과 정확히 똑같지는 않을 수도 있어. 하지만 비슷하긴 할 거야."

"그리고 내일 학교에 가면, 모가 다른 친구들에게도 다 얘기해 줄 거야. 아마 점심시간쯤 되면 너희는 다시 예전처럼 친하게 지내고 있을 거야." 엄마가 말했다.

펠릭스는 이게 정말로 그렇게 쉬운 일일지 의문이 들었다. 그때 갑자기 어떤 장면이 떠올랐다. 아빠가 처음으로 펠릭스를 삼촌 집에 데려다줬던 날, 삼촌과 이야기를 마치고 밖으로 나오니 엄마, 아빠가 기다리고 있었다. 엄마는 말없이 다가와 루퍼스 삼촌을 안아줬다. 그때만 해도 펠릭스는 엄마와 삼촌이 20년째 서로 연을 끊다시피 지낸 사이라는 걸 알지 못했다. 그 사실을 알게 된 건 그로부터 몇 달이 지나서니까. 하지만 그런 상황에서 엄마는 그저 말없이 다가와 삼촌을 안아줬다.

엄마가 옳을지도 모른다. 상대방에게 전하고 싶은 마음을 꼭 말로 표현해야 하는 건 아닐지도….

집에 돌아온 펠릭스는 곧바로 모를 찾아갔다.

"안녕." 펠릭스는 문을 열고 나온 모한테 이렇게 말했다. "어제 우리 집에 이 펜을 놓고 갔더라." 그러고는 펜을 하나 내밀었다.

"내가? 아… 고마워." 모는 펜을 받아 들고 잠시 주저하더니 이렇게 말했다. "잠깐 들어올래?"

"그래, 좋아."

펠릭스는 모를 따라 안으로 들어갔다. 펠릭스를 새로 꾸민 그림 작업실로 데려간 모는 문을 닫고 펠릭스를 가만히 바라봤다.

"요즘은 무슨 그림 그려? 재밌는 작업이야?"

"지금은 그냥 학교 숙제 하던 중이야." 모는 잠깐 펠릭스한테 그림을 보여주려는 듯하다가 그만뒀다. "저기, 어제 일은 말이야…."

"괜찮아. 걱정할 것 없어. 넌 그저 네가 최선이라고 생각하는 대로 했을 뿐이야."

"아냐, 그렇지 않아. 그건 우리 엄마 생각이었어. 엄마가 그렇게 하라고 했어. 내가 막았어야 했는데…."

"분명 너희 엄마도 그게 최선이라고 생각해서 그러셨을 거야. 어쨌든 지금까지 우린 잘해왔잖아. 돈도 많이 벌었고. 그건 정말… 정말 멋진 모험이었어!"

"맞아, 정말 멋졌어. 그런데… 저기, 너 정말 괜찮은 거야?"

"정말 괜찮아."

"아, 다행이다!" 모가 숨을 크게 한 번 들이마시더니 다시 내쉬었다. "죽을 뻔했잖아, 너 때문에! 난 정말 네가 다시는 나랑 말도 안 할 줄 알았어!"

그러고는 펠릭스한테 두 걸음 다가왔다. 펠릭스를 안아주려는 듯했다. 하지만 이내 펠릭스의 팔을 주먹으로 쳤다. 아주 세게.

"너 정말! 다시는 그러지 마."

그런 다음 펠릭스를 안아줬다.

다음 날, 학교에서도 모든 일이 기분 좋게 해결되었다. 펠릭스 엄마의 말대로 다른 친구들에게 이미 펠릭스와 모가 화해했다는 소식이 전해졌고, 교문 앞에서 펠릭스를 기다리던 엘리메이는 모보다도 세게 펠릭스를 안아준 뒤 펠릭스 손에 편지를 한 통 쥐여 줬다. 편지에는 그동안 펠릭스한테 얼마나 고마운 마음을 가지고 있었는지, 그날 일에 대해 얼마나 미안했는지, 그리고 두 사람 사이가 멀어지지 않기를 얼마나 간절히 바랐는지 쓰여 있었다.

네드는 펠릭스를 안아주지는 않았다. 대신 온종일 기회가 있을 때마다 자신의 상황을 해명했는데, 적어도 네 번은 한 것 같았다. 토요일 아침, 네드 아빠가 동업자 회의 때 인수 제안을 받아들이는 데 찬성표를 던질 계획임을 통보했던 이야기, 모 엄마와 엘리메이 할머니도 그렇게 할 줄은 몰랐다는 이야기, 그리고 회의에서 자기도 발언하고 싶었지만 차마 할 수 없었다는 이야기. 그러면서 네드는 펠릭스한테 정말 다 괜찮은 거냐고 물었다.

펠릭스는 네드가 해명할 때마다 괜찮다고, 정말 다 괜찮다고 말했다. 그런데 신기하게도 괜찮다고 말하고 나니 정말로 다 괜찮았다. 이유는 알 수 없었지만, 화나고 속상했던 마음이 모두 사라졌다. 그런 마음이 생길 때 그랬듯이, 사라지는 것도 순식간이었다. 이제 펠릭스 곁에는 다시 친구들이 있었다.

그뿐 아니라 펠릭스에겐 돈도 아주 많이 있었다.

펠릭스는 벌써부터 그 돈으로 뭘 할까 생각하기 시작했다.

28
스타트업

루퍼스 삼촌이 카드마트를 게인즈버러에 매각한 기념으로 파티를 준비했다. 9월 마지막 주에 버밍엄에서 기업 양도 절차가 이미 완료되었지만, 삼촌은 동업 종료를 기념할 만한 공식 행사가 필요하다며 그다음 주 토요일에 마지막 동업자 회의를 열기로 하고 네드와 모, 엘리메이 그리고 그 가족들을 삼촌 집으로 초대했다. 삼촌 집에 가보니 기념 파티는 생각보다 훨씬 성대하게 준비되어 있었다.

삼촌은 네 명의 동업자 말고도 카드마트에 기여한 사람들을 모두 초대했다. 그중엔 펠릭스의 할머니도 있었다. 펠릭스가 준비한 엄마의 생일 카드를 보고 자기 것도 좀 뽑아달라고 부탁했던 건, 어떻게 보면 이 모든 것의 출발점이었다. 모두프린트 소유주인 민친 씨도 참석했다. 민친 씨는 몇 백만 원어치 인쇄 주문을 하려는 고객이 바로 열네 살짜리 아이들인 걸 알고 굉장히 놀랐다는 이야기를 만나는 사람마다 들려줬다. 수고비도 받지 않고 펠릭스의 컴퓨터를 수리해준 앨런도 초대받아 참석했고, 펠릭스한테 수업 시간에 사업 이야기를 들려달라고 부탁했던 식스폼 칼리지의 휴스 선생님도 참석했다. 휴스 선생님은 펠릭스한테 요즘 가르치는 학생들을 위해 한 번 더 방문해서 이야기를 들려달라고 부탁했다. 하지만 펠릭스는 이제 자기는 회사를 운영하지 않으니 현재 웹사이트 제작 회사를 운영 중인 네드가 그 수업에 더 적합한 사람인 것 같다고 말했다.

한편, 루퍼스 삼촌이 이 파티에 초대했지만 애석하게도 참석하지 못한 사람이 한 명 있었다. 바로 〈창업하려는 당신이 알아야 할 모든 것〉의 저자 앤서니 콜먼이었다. 앤서니 콜먼은 프랑스에 살고 있어서 초대에 응하지 못했고, 대신에 축하 인사와 함께 앞으로의 성공을 기원하는 카드를 보내줬다. 카드에는 자기 책이 신세대 사업가들에게 도움이 되었다니 더할 나위 없이 기쁘다고 쓰여 있었다.

무엇보다 놀라운 일은 루퍼스 삼촌이 5F반 친구들 대부분(모가 그린 카드에 등장하는 인물들)에게 연락했다는 사실이었다. 루드밀라 숙모는 민친 씨가 확대 인쇄해 온 카드 속 그림들을 집 여기저기에 걸어놓았는데, 그 덕분에 파티에 참석한 5F반 친구들은 곳곳에 걸린 그림 앞에 서서 그 안에 그려진 자기와 친구들의 모습을 찾아보느라 여념이 없었다. 사마르도 파티에 참석했다. 전보다 더 예뻐진 사마르는 여전히 남자애들한테 둘러싸여 있었다.

배리는 코트 주머니에 쥐 한 쌍을 넣어 가지고 왔고, 사고뭉치 딜런은 그날 오후 크리켓 공에 맞았다며 머리에 붕대를 감고 나타나는 바람에 모두가 웃음을 터뜨리고 말았다.

아이들을 데리고 자연 관찰을 나가곤 했던 윌킨스 선생님도 참석했다. 하지만 연로한 윌킨스 선생님은 파티가 시작된 뒤로 줄곧 거실에 있는 안락의자에 앉아 주무셨다.

모든 사람이 도착한 뒤 행사 진행을 위해 다 같이 식당에 모였다. 우선 네 명의 동업자가 공식적으로 동업 종료를 선언하는 문서에 서명했다. 그런 다음 루퍼스 삼촌이 아직 자세한 이야기를 듣지 못한 참석자들을 위해 동업자들의 사업 이야기를 간략하게 들려줬다.

삼촌은 동업자들이 사업을 시작하여 4억 원에 회사를 매각하기까지, 18개월 동안 13만 4,180장의 카드를 판매하는 놀라운 업적을 달성했다고 발표했다. 삼촌은 계속해서 펠릭스가 처음 아이디어를 낸 이야기, 친구들을 참여시킨 이야기, 그리고 만 원짜리가 가득한 신발 상자로 부모님을 놀라게 한 이야기를 이어갔다. 또한 삼촌이 처음에 어떻게 이 사업에 관여하게 되었는지, 그 덕분에 재능 있는 젊은 사업가 네 명의 발전과 성과를 지켜보며 얼마나 즐거웠는지도 이야기했다.

펠릭스는 사람들이 스스로 뿌듯함을 느끼게 하는 것도 루퍼스 삼촌이 가진 능력이라고 생각했다. 첫 회의에서 삼촌이 가장 먼저 한 일이 바로 그것이었다. 그리고 삼촌은 경영자가 해야 할 일

중 하나는 사람들이 얼마나 잘하고 있는지를 그들에게 알려주는 것이라는 말을 자주 했다. 펠릭스는 삼촌의 말을 듣고 있는 친구들의 얼굴에 기쁨의 미소가 번지는 것을 봤다. 그리고 자칫하면 지금과 결말이 전혀 다른 이야기를 들려줄 뻔했다는 생각에 온몸에 전율이 느껴졌다. 펠릭스의 이야기는 이렇듯 따뜻하게 서로 축하하는 일이라곤 없이, 요전 토요일과 같은 상태로 친구들을 잃고 분노와 원망에 사로잡힌 채 외롭게 끝나버릴 수도 있었다.

펠릭스가 삼촌한테 고맙게 생각하는 일은 정말 많았지만, 그중에서도 특히 이 이야기의 결말을 바꿀 수 있게 해준 삼촌의 충고가 두고두고 고마웠다.

30분 뒤, 루퍼스 삼촌이 식당에 있는 펠릭스를 찾아왔다.
"나한테 할 말이 있다고 했지?"
"네, 바쁘지 않으시면요."
"그럼 조용한 곳으로 가볼까?" 삼촌이 식당을 둘러보며 말했다. "여긴 좀 시끄러운 것 같구나."

삼촌이 식당을 가로질러 끝에 있는 문으로 걸어갔고, 펠릭스는 그 뒤를 따랐다. 문은 차고로 곧장 연결되어 있었다.

삼촌 집의 모든 곳이 다 그렇듯 차고도 무척 넓었다. 오른쪽에는 밖으로 통하는 여닫이문이 네 개 나 있었고, 삼촌이 타고 다니는 은색 렉서스와 함께 레인지로버, 도요타 트럭이 각각 한 대씩 있었다. 그리고….

펠릭스는 순간 발걸음을 멈췄다. 바로 앞에 차체가 낮고 날렵한 스포츠카 한 대가 지붕이 열린 채 있었다. 펠릭스는 보닛에 있는 노란색 바탕에 검은 말 그림을 확인하지 않아도 그 차가 무엇인지 바로 알 수 있었다.

"맙소사! 페라리를 사셨군요!"

"어제 도착했단다." 삼촌이 미소를 지으며 말했다.

"제 꿈이 페라리를 갖는 거예요…."

펠릭스는 손을 뻗어 차체 옆면을 쓰다듬었다.

"알아. 기억하고 있어."

"이거 정말 비싸죠?"

"7천만 원에 샀어. 내가 가끔 거래하는 사람이 있는데 급히 현금이 필요해서 이걸 판다고 하더구나. 너무 좋은 조건이어서 놓칠 수가 없었지."

물론 7천만 원도 큰돈이었다. 하지만 펠릭스가 알기로 페라리 355를 그 가격에 샀다면 정말 싸게 산 거였다.

"타볼래?"

삼촌이 운전석 문을 열어주자 펠릭스가 올라탔다. 좌석은 부드러운 검은색 가죽으로 덮여 있었다. 핸들도 마찬가지였다. 삼촌은 반대편으로 돌아가서 조수석에 앉았다.

"대단해요! 이 페라리가 삼촌 거라니!"

"음… 엄밀히 말하면, 내 것은 아니야."

"하지만 좀 전에 삼촌이…."

"내가 이 차를 산 건 맞아. 네가 투자해달라고 맡긴 돈으로 말이지. 그 돈을 어디에 투자하는 게 좋을지 계속 생각해봤어. 그런데 요즘엔 클래식 자동차 시장이 강세인 것 같더구나. 그래서 생각했지… 한번 해볼까 하고."

"제 돈으로 이 차를 사셨다는 거예요?"

"일반적인 투자 방식하고 좀 다르지만 네가 후회할 일은 없을 거야." 삼촌이 계기판 쪽을 가리키며 말을 이었다. "이 차는 제임스 본드 영화에도 잠깐 나왔었어. 영화 제목은 기억이 잘 안 나지만. 그런 경험이 있으면 차의 가치도 점점 올라가지. 만약 팔고 싶으면 적어도 8천만 원 이상 받을 수 있어. 위험을 감수하기 싫다면 나한테 팔아도 돼. 하지만 이 차를 가지고 있고 싶다면 얼마든지 이 차고에 보관해도 된단다."

삼촌 말을 다 이해하는 데에는 시간이 좀 필요했다.

"그러니까… 이 페라리가 제 것이라는 말이죠?"

"그래. 안타깝게도 아직은 직접 운전할 수 없지만 말이야."

펠릭스는 삼촌의 말이 더 이상 귀에 들어오지 않았다. 드디어 페라리를 갖게 된 것이다.

"시동 한번 걸어볼래?"

차에 꽂혀 있는 키를 돌리자 페라리가 즉각 반응했다. 펠릭스가 가속 페달에 부드럽게 발을 얹자, 멋지게 부르릉거리는 소리가 차고 안에 울려 퍼졌다.

잠시 후, 펠릭스는 엔진을 끄고 운전석에 가만히 앉아 있었다.

만족스러운 침묵이 흘렀다.

"너를 즐겁게 해주려던 것뿐이야. 그러니 이 차를 꼭 가지고 있지 않아도 돼. 그리고 어떤 결정을 해도 네가 손해 볼 일은 없단다." 그러고는 삼촌이 등을 좌석에 기댔다. "그건 그렇고, 할 얘기라는 게 뭐니?"

"실은, 조언을 좀 구하고 싶어서요."

"내가 맞혀볼까? 새로운 사업 아이디어가 떠올랐구나. 그렇지?"

"네, 맞아요."

삼촌이 미소 지었다.

"그럴 줄 알았어!"

"혹시 펠릭스 어디 있는지 아니?" 펠릭스 아빠가 식당에 있는 사람들을 둘러보며 물었다.

"아까 저쪽으로 가는 걸 봤어요." 모가 식당 끝에 있는 문을 가리키며 말했다.

"괜찮아 보이던?" 펠릭스 엄마가 물었다.

"그런 것 같았어요. 그런데 왜 그러세요?"

"좀 걱정이 돼서." 펠릭스 아빠가 말했다. "요즘 펠릭스가 말수도 줄고 생각이 많아 보이더라. 그래서 회사를 팔게 된 것 때문에 아직도 속상해하고 있는 건 아닌지 걱정되는구나."

"잠깐 나가서 펠릭스가 괜찮은지 좀 봐줄래?" 펠릭스 엄마가 말했다. "혼자 웅크리고 앉아 풀 죽어 있는 건 아닌가 해서 말이야."

"형이 빵집에서 일해요. 그런데 빵집 주인의 심장이 좀 안 좋아져서 빵집을 팔고 싶어 한대요."

"음, 그래?"

"그분과 얘기를 나눠보려고 엘리메이랑 함께 빵집에 갔었어요. 직접 가보니 장사가 아주 잘되는 곳이더라고요. 여기 가게 운영 자료도 좀 가져왔어요…."

펠릭스는 호주머니에서 종이 한 장을 꺼냈다.

"제가 이 가게를 사서 형한테 임대하면 어떨까 생각 중이에요. 그럼 꽤 많은 수익을 올릴 것 같거든요. 형하고 형 여자 친구가 이 가게를 더 잘 운영할 아이디어를 많이 생각해놨더라고요. 어떻게 생각하세요?"

삼촌이 종이를 받아서 찬찬히 살펴봤다.

"흥미가 생기는구나." 삼촌의 눈이 반짝거렸다. "아주 흥미로워…."

삼촌과 펠릭스는 이 사업의 성공 가능성을 논의하는 데 몰두한 나머지, 모가 문을 살짝 열고 두 사람의 이야기를 듣고 있다가 재빨리 문을 닫고 사라진 걸 알아채지 못했다.

"어때?" 펠릭스 엄마가 모한테 물었다.

"펠릭스는 괜찮아요." 모가 대답했다.

"정말이니? 기분이 안 좋아 보이거나 하진 않고?"

"삼촌하고 함께 있어요. 펠릭스는 아주 행복해 보여요. 솔직히 말해서… 저렇게 행복한 모습을 본 적이 있었나 싶을 정도예요."

"그래?" 펠릭스 아빠가 모를 바라봤다. "왜 그럴까? 뭘 하고 있는데?"

"새로운 사업 이야기를 하고 있어요." 모가 대답했다. "그것도 페라리를 타고요."